名流詩叢 55

烏克蘭戰爭世界詩選
Ukraine——A World Anthology of Poems on War

〔肯亞〕克利斯多福・歐肯姆瓦（Christopher Okemwa）◎編選／李魁賢（Lee Kuei-shien）◎選譯

牢記新婦叮嚀
要以新縫征衣見證
復員共同栽植
保護國花的品種
朝天空微笑
在烏克蘭自由國土上

導論
Introduction

克利斯多福・歐肯姆瓦
written by Christopher Okemwa
李魁賢　譯
translated by Lee Kuei-shien

煙霧籠罩，花團錦簇城市
街道上滿地噴出的瓦礫
那裡以前都是房屋。
燒毀的車輛隨地棄置
全體緊張，就緒。
年輕新鮮的面孔在陰影中
抓緊機槍對準自己
像泰迪熊。
　　　　——英國詩人錢伯斯（M. Chambers）

　　我首次提到要編有關烏克蘭戰爭的詩選時，引起注目，大家臉上浮現問號，氣氛變得凝重而好奇。一位俄羅斯詩人對我頗有微詞，聲稱這會激起情緒和淚水，他告誡我說：「值此動盪時期，怎麼會想編這種詩選，你是不是太天真了？」我幾乎相信了他，幸虧接到一位

美國詩人傳來電子郵件，立場相反，他臚列戰爭時期作家的各種任務，激勵我：「當戰爭踩躪周圍人類時，詩人不能坐視。」後來，接到一位俄羅斯老朋友的電子郵件，告知譴責烏克蘭戰爭的俄羅斯詩人，反倒被延伸指控破壞自己國家，她對此表示擔憂。有一位不知來路的詩人，給我發來電子郵件，口出惡言，質問我對「此事」的立場：我到底是支持烏克蘭還是俄羅斯？憤怒和仇恨已達口不擇言——這些對詩人的要求原本是無關緊要的，編這本詩選更是如此——好像我們來到這個世界就是為了殺人或不殺人，必須嚴格地站在一邊或另一邊？

這部《烏克蘭戰爭世界詩選》的肇始，以這場爭論為特點，讓我自思許多問題：詩人應該支持戰爭嗎？該嗜殺無辜男人、兒童和婦女嗎？該慶祝婦女和兒童流離失所，要埋葬被殺害的年輕人，才能完成使命，並以他們獨特的方式來美化世界嗎？

問題紛至沓來，我進一步提出綜合問題：藝術家在社會中的角色是什麼？他們在戰爭時期的任務是什麼？他們真的能承受得起，眼睜睜看著周圍的人死去？他們能夠單純以動盪時期為由，就克制自己不寫東西嗎？能因為別人覺得他們會引發情緒，而強忍不發嗎？他們會因為國家、朋友和敵人，解析他們採取的政治立場，而躊躇不寫戰爭詩嗎？

如果詩人的行為態度，能夠與周遭環境保持距離，

那麼，毫無疑問，他們的詩就沒有心靈。那只是紙上的文字排列，誰會對這種沒有心靈的作品感興趣呢？印度詩人尼拉夫洛尼爾・舒富洛（Nilavronill Shoovro）在【我們的詩歌檔案】部落格網站貼文警告：

> 你認為讓自己與現實世界隔絕，可以把心靈帶進寫作嗎？恐怕，根本不可能。保持我們隔離人類的苦難、政治事件的悲劇；即使我們嘗試在文學領域進行創作，如果沒有真正心靈參與，我們所有創作都將毫無生命。在經歷缺乏真實心靈的詩仿作之後，沒有人會再度回想我們詩的輝煌。

藝術家不能在真空中寫作。我們是社會的成員，無法逃避該社區的政治和社會議題。這些是我們的原材料，我們的創造性作品的成分，由我們決定，要賦予富有想像力的才華，組裝成美學的成品：

> 作家想像力參與的產物——莎士比亞所謂「自然之鏡」——變成社會的反映：其經濟結構、其階級形成、其衝突和矛盾；其階級權力政治和文化鬥爭；其價值觀結構……
> （肯亞作家和文化學家恩古吉・瓦・提昂戈 Ngugi Wa Thiong'o 1981：72）

就我們目前情況而言,如果詩人保持中立,不表達對烏克蘭戰爭的感情或感受,那麼我們對這樣的詩人還能說什麼呢?我確信,這些詩人會被視為支持戰爭,支持殺害無辜人民,形同殺人犯,手指上沾有血跡。詩人是創造性作家,這裡指稱「創造性」,不僅意味在寫作過程中將文字組合在一起,而且還創造人類,當然不是像上帝的作為,因為詩人不可能是上帝,即使只是這樣想,也算是對上帝的褻瀆,但是「創造」人類,是藉將生命元素交織在一起,為生活帶來和平、和諧、幸福和尊嚴,從而提高存在和生存價值。

因此,詩人應該提筆當矛,參加戰爭,應該勇猛,熱烈出征,讓錯誤得以被改正,在社區內擁抱正道,誠如恩古吉上文所觀察,以便「影響人們的意識和政治」。人民會根據詩人所寫的內容加以評判,並多方面質疑其真心,在社區觀點是否屬福音真理,屬社區滿足知識渴求的訊息來源和泉源。

詩人在周圍的人受傷、流離失所,甚至可能死亡時,還默不作聲,就不是真正的詩人,那是藝術家的枯木。真正的詩人不會眼睜睜看著周圍的人受苦。俄國革命家普列漢諾夫(G. V. Plekhanov)在他的《藝術與社會生活》(1912年)一書中宣稱,藝術必須有社會目的,必須是我們對周圍所見事物的誠實印象。如果詩人在這本《烏克蘭戰爭世界詩選》中能夠給我們帶來知覺和感受,真實而生動描述烏克蘭正在發生的事情,

就告成功。印度女詩人潘卡詹・柯塔拉茲（Pankajam Kottarath）描述：

> 槍林彈雨、建築物倒塌
> 城市殘破、車輛毀損
> 人員報銷、到處都是廢墟
> 死亡、損壞、混亂
> 殘廢、厭惡和精神錯亂
> 孤絕、抑鬱、失落、創傷

柯塔拉茲的作品捕捉烏克蘭戰爭的一些畫面。炸彈如雨下，建築物倒塌，車輛炸毀，人民消失無存，城市殘破，到處都是廢墟。以色列耶路撒冷詩人昌納・莫燮（Channah Moshe）看到：

> 瓦礫正在隆隆作響
> 就像飢餓的北極熊
> 躺在乾燥的土壤上因氣候變化
> 眼睛飢渴望著地平線
> 找不到冰

肯亞奈羅比詩人拉斐爾・基惕（Raphael Kieti）寫道：

> 烏克蘭！

我為受苦的人哭泣，
因殘暴導彈和炸彈
你們的城市已成廢墟
完全夷為平地。

英國詩人錢伯斯（M. Chambers）看到：

煙霧籠罩，花團錦簇城市
街道上鋪滿噴灑碎石
那裡以前都是房屋。
燒毀車輛是隨地棄置
全體緊張，就緒。
年輕新鮮的面孔在陰影中
抓緊機槍對準自己
像泰迪熊。

巴哈馬詩人奧比代亞・邁克爾・史密斯（Obediah Michael Smith）發現諷刺的是，戰爭目的在人的肉體。他感嘆為什麼戰爭使用如此大量資源和武力來結束生命。奧比代亞在詩〈戰爭齜牙〉中，提出一系列問題：

是肉體太硬
是肉體不夠嫩
刀叉無法

戳刺和切割
為什麼需要
那麼強大火力
動用火箭、炸彈
豈不是殺戮過分嗎

　　戰爭的目的是毀滅人的肉體；這就是不人道。印度詩人蘇加塔・達什（Sujata Dash）在詩〈我們需要內省〉中建議，我們需要超越政治來阻止戰爭，因為戰爭對任何人都沒有好處。印度詩人莫莉・約瑟夫（Molly Joseph）在詩〈烏克蘭，世界與你同在〉中，懷疑有哪一次戰爭對誰有利。摩洛哥詩人蒙西夫・貝魯阿爾（Monsif Beroual）在詩〈人性佔優勢，不是戰爭〉中指出，我們是一個世界大家族，當我們發動戰爭時，就是在對抗我們自己：

只有一個家族
型塑成不同膚色
有不同信仰
分成不同民族
只有愛才能佔優勢
有一天擁抱一切，而非戰爭。

　　印度女詩人瓦爾莎・達斯（Varsha Das）在詩〈響

亮迴聲〉中指出，邊界或界線會誤導我們，使我們誤以為自己與眾不同：

> 是的，我說不同語言，
> 吃不同食物，穿不同衣服，
> 我的膚色不同，
> 但我出生就是如此
> 跨越邊境的女孩出生，
> 同樣由母乳餵養，
> 深受雙親喜愛，
> 正如她一樣。

一個國家的人與另一個國家的人，心都是「以相同的節奏脈動」。她補充說，我們所有人的血液，都有同樣的顏色。憑這些事實，我們發現面臨到問題：如果戰爭沒有明確好處，為什麼還要熱衷於戰鬥和取勝？美國詩人查基亞・卡佩哈特（Zakiyyah G.E. Capehart）在詩〈戰爭能帶來和平嗎？〉寫道：

> 戰爭有什麼好處？
> 追逐權力的機會
> 導致更多權力
> 使許多男人、女人
> 和兒童死亡而已

卡佩哈特暗示追求權力,是主要驅動力。在美國女詩人琳達・克雷特(Linda M. Crate)詩〈我希望烏克蘭再度獲得自由〉中,她痛惜的是,對權力的貪婪導致人性墮落、巨大苦難和毀滅性的經驗。她陳述:

> 戰爭是如此醜惡的事件
> 造成我心悲傷
> 貪婪的人可以決定他們
> 想要佔領一個國家,動輒侵略
> 自以為有權獲得
> 不屬於他們的東西⋯⋯

正如詩人逐一提到貪婪是戰爭的興奮劑,我們需要回顧歷史,探究類似的戰爭和衝突:我們記得十字軍東征(1095~1291)、法國大革命(1789~1799)、美墨戰爭(1846~1848)和冷戰(1946~1991)。還有以色列－巴勒斯坦衝突,自1920年以來持續不斷。此外,還可回想越南戰爭(1955~1975)、蘇聯－阿富汗戰爭、伊拉克－伊朗戰爭(1980~1988)、海灣戰爭(1990~1991)、美國－阿富汗戰爭(2001~2021),和伊拉克戰爭(2003~2011)。這些衝突除了造成人員傷亡、大量資源浪費、人民文化受到危害、建築物毀損、環境和野生動物遭遇災難之外,一無是處。

總之,我們可以推斷,這部《烏克蘭戰爭世界詩

選》入選詩人，並沒有兜售不必要的仇恨，也沒有宣揚敵對和敵意。倒不如說，他們「創造」了另一種人性，塑造和平元素，並在他們的生活中，編織入一些尊嚴。他們寫詩是為了表達人類生命的神聖性，並向每一個人致敬，無論他們是黑人、白人、黃種人、棕色人種，還是俄羅斯人、烏克蘭人、巴勒斯坦人、伊朗人、伊拉克人、亞述人、亞美尼亞人、土庫曼人、迦勒底人、越南人、阿富汗人、非洲人，或者穆斯林，基督徒，印度教徒，庫爾德人，猶太人等。

我們進一步結論，藝術不是為了藝術本身而創造，而是有其目的。必然不是憑空想像，而是在藝術家所生活的社會中發展的產物。我所居住的非洲在傳統時期，巫師常常充當社會和政治評論員。他們並不怕說出自己所知道的真相。這本選集中的詩人，就像我們的非洲巫師一樣，履行藝術家的一項功能，那就是滿足我們的需求。

社會「要求作家，作為公眾的聲音，在著作中承擔反映公眾關心的責任」（尼日共和國詩人兼評論家金偉助Chinweizu等人《西方和我們其他人：白人掠奪者、黑人奴隸主和非洲精英》，1975年，第37頁）。換言之，希望這本選集能夠展現出一種社會責任感，這是每一位藝術家的責任。

2023年7月

目次

導論
Introduction　003

（澳洲）米克・梅札
Mick Mezza, Australia　021

（澳洲）雷・利弗西奇
Ray Liversidge, Australia　026

（巴哈馬）奧比代亞・邁克爾・史密斯
Obediah Michael Smith, Bahamas　029

（加拿大）查德・諾曼
Chad Norman, Canada　034

（加拿大）黛安・雷金巴爾
Diane Régimbald, Canada　039

（維德角共和國）葛羅莉亞・蘇菲雅
Glória Sofia, Cape Verde　042

（維德角共和國）維拉・杜阿爾特
Vera Duarte, Cape Verde　047

（丹麥）尼爾斯・哈夫
Niels Hav, Denmark　053

（丹麥）辛蒂・琳恩・布朗
Cindy Lynn Brown, Denmark　057

（英國）馬克・安德魯・希思科特
Mark Andrew Heathcote, England　062

（英國）錢伯斯
M Chambers, England　067

（迦納）法蘭西斯・卦庫・酷馬
Francis Kwaku Kuma, Ghana　070

（印度）瓦爾莎・達斯
Varsha Das, India　077

（印度）莫莉・約瑟夫
Molly Joseph, India　081

（印度）潘卡詹・柯塔拉茲
Pankajam Kottarath, India　087

（印度）蘇加塔・達什
Sujata Dash, India　090

（愛爾蘭）馬特・穆尼
Matt Mooney, Ireland　095

（愛爾蘭）愛德華・施密特－左納
Eduard Schmidt-Zorner, Ireland　099

（以色列）昌納・莫燮
Channah Moshe, Israel　106

（義大利）馬麗亞・米拉葛莉雅
Maria A. Miraglia, Italy　112

（肯亞）克利斯多福・歐肯姆瓦
Christopher Okemwa, Kenya　118

（肯亞）拉斐爾・基惕
Raphael Kieti, Kenya　127

（肯亞）肯尼斯・基貝特・切魯伊約特
Kenneth Kibet Cheruiyot, Kenya　132

（摩洛哥）蒙西夫・貝魯阿爾
Monsif Beroual, Morocco　137

（尼泊爾）克沙布・西格德爾
Keshab Sigdel, Nepal　144

（奈及利亞）伊分尼諸庫・翁巫佳魯
Ifeanychukwu Onwughalu, Nigeria　147

（奈及利亞）阿約・阿約拉－阿瑪雷
Ayo Ayoola-Amale, Nigeria　152

（波蘭）伊麗莎・塞吉特
Eliza Segiet, Poland　156

（俄羅斯）艾琳娜・柯多娃
Irina Kotova, Russia　160

（俄羅斯）亞列克謝・波爾溫
Aleksey Porvin, Russia　166

（蘇格蘭）凱・黎琪
Kay Ritchie, Scotland　171

（獅子山）奧馬爾・法魯克・塞賽
Oumar Farouk Sesay, Sierra Leone　175

（瑞典）本特・伯格
Bengt Berg, Sweden　183

（瑞典）本特・奧・比約克倫德
Bengt O Björklund, Sweden　189

（台灣）李魁賢
Lee Kuei-shien, Taiwan　193

（台灣）林怡君
Lin Yi-Chun (Jean), Taiwan　196

（台灣）陳秀珍
Chen Hsiu-chen, Taiwan　199

（台灣）陳明克
Chen Ming-keh, Taiwan　206

（台灣）謝碧修
Hsieh Pi-hsiu, Taiwan　211

（台灣）羅得彰
Te-chang Mike Lo, Taiwan　215

（坦尚尼亞）安德里亞・明加
Andrea Myinga, Tanzania　218

（荷蘭）漢妮・勞薇樂
Hannie Rouweler, The Netherlands　221

（多哥）霍拉・戈馬多
Hola Gomado, Togo　226

（突尼西亞）亞當・費惕
Adam Fethi, Tunisia　229

（土耳其）穆蓓拉・布爾布爾
Müberra Bülbül, Turkey　232

（烏克蘭）維亞切斯拉夫・科諾瓦爾
Vyacheslav Konovalm, Ukraine　237

（美國）安娜・哈伯斯塔德
Anna Halberstadt, USA　242

（美國）查基亞・卡佩哈特
Zakiyyah G.E. Capehart, USA　249

（美國）琳達・克雷特
Linda M. Crate, USA　253

（美國）菲利普・弗里德
Philip Fried, USA　258

（烏茲別克）阿扎姆・阿比多夫
Azam Abidov, Uzbekistan　261

關於編選者
About the Compiler　267

關於選譯者
About the Selector and Translator　269

（澳洲）米克・梅札
Mick Mezza, Australia

　　米克・梅札（Mick Mezza），於義大利出生，現住在澳洲墨爾本，已經寫作20年，藉雲端視訊會議（Zoom）向當地和國際觀眾表演讀詩，並在臉書大量發表義大利三行詩（terzas）。詩獲選入《樂園選集》（*Paradise Anthology*）、《詩在西部平台閃耀》（*Poetry Shines in the West Platform*）和肯亞《2020年基斯特雷奇詩歌節》（Kistrech Poetry Festival 2020）。現為墨爾本詩人聯盟理事會理事。已出版詩集《世界分離》（*World's Apart*, 2006）、劇本《五齣短劇》（*5 Shorties*, 2010）等。

戰爭使我們不快樂
War Makes Us Unhappy

在海灘游泳
然後淋洗一番
心想把自己弄溼啦
戰爭造成詩人不快樂
黃色和藍色慢慢乾燥啦

黃金買武器
戰爭中
軍火公司有利潤
關於人類苦難
我們觀察到資本主義最糟糕

基輔陷落
破壞到
民主

新聞在網路上
流動
難民越過邊境

乳香和沒藥香味
揚升
遍布烏克蘭天空

烏克蘭各地
屍體上看不見
十字架

烏克蘭總統
結婚誓言
我們到死才分開

戰爭使人民不快樂
在他們臉上撒鹽
手帕在手中

我留在庭園裡的玫瑰
The Roses I Keep in the Garden

我留在庭園裡的玫瑰即將枯萎
月亮周圍的光暈在閃亮
樹叢中的樹枝在搖曳
我坐在外面,雙腳抬起

我的注意力轉向月亮
太陽照亮每個晴朗的夜晚
我還可以看到暗中微笑
這就是所帶來的快樂

以拿到空玻璃杯的優勢
向寒夜的風敬酒
穿上背心保暖
當寂靜主導時就如此這般

玫瑰讓我想起
心在光暈裡
當風吹樹葉沙沙響
我正享受蟋蟀在吟唱

自然之花
四季盛開不停
光透過稜鏡成為彩虹

捕捉那張照片
這些轉瞬即逝時刻
月亮周圍有光暈
庭園裡有玫瑰

有時你會加以
偷吻、擁抱
彼此依偎在懷裡
我們自己策劃的炫耀

這是不確定時代
戰爭肆虐、洪水、火災、瘟疫
在這波動中互相牽扯
就好好珍惜你如今所擁有吧

（澳洲）雷・利弗西奇
Ray Liversidge, Australia

　　雷・利弗西奇（Ray Liversidge），澳洲詩人，出版《格拉訥河畔奧拉杜爾奧》（*Oradour-sur-Glane*, 2017），越兩年出版英法雙語版本。其他著作有《無可懷疑的環境：已故詩人肖像》（*No suspicious circumstances: portraits of dead poets*）、《屏障山脈》（*The Barrier Range*）、《離婚文件》（*The Divorce Papers*）和《服從召喚》（*Obeying the Call*）。《屏障山脈》在 2010 年改編為舞台劇《尋找傳說水域》（*Seeking Fabled Waters*），在墨爾本作家節演出。該年他榮獲布魯斯・道（Bruce Dawe）國家詩獎，並入選羅斯瑪麗・多布森獎（Rosemary Dobson Prize）。詩在澳洲、美國、加拿大、英國、蘇格蘭、愛爾蘭和西班牙 100 多家期刊和選集刊載。

回憶廣島
Remembering Hiroshima

一道閃光像閃電

接著是一陣轟鳴的寂靜

皮膚上一陣熱流

然後是幾乎聽不見的「隆隆」聲

就像遠方雷響

我記得從一個夢中醒來

走入另一個夢中

穿過藍色磷光火焰

閃爍像無聲電影的影片

像困在琥珀中的昆蟲死體

被擁抱或靜坐祈禱

上百位女人正在瘋狂吃空氣

那時候我轉身

離開廢墟走向河流

有動物像翻轉的桌子順流而下

所以我拿桌子載人過河

垂死者在這裡不會注視活生生的人

或是那些想要活下去的人

並且希望他們會死
而活生生的人卻感覺像垂死者
卻不關心那些即將死去的人
開始落下黑雨,河水忘記流動
所以我走下桌子,涉過水面
看到長翅膀的馬在遠方
從地面血泊中和海上躍起
從馬蹄觸碰的大地騰空而起

（巴哈馬）奧比代亞・邁克爾・史密斯
Obediah Michael Smith, Bahamas

奧比代亞・邁克爾・史密斯（Obediah Michael Smith），1954年出生於巴哈馬。已出版29本書。他在邁阿密大學和巴貝多凱夫希爾（Cave Hill）的西印度群島大學，參加作家工作坊。獲菲斯克（Fisk）大學演講和戲劇學士學位。在巴黎學法語，在哥斯大黎加大學學西班牙語。參加過哥倫比亞、哥斯大黎加、古巴、肯亞、墨西哥、尼加拉瓜和羅馬尼亞等國舉辦的詩歌節。曾居住過法國、墨西哥、肯亞、烏干達、坦尚尼亞、辛巴威、南非、史瓦濟蘭、莫三比克、馬拉威、尚比亞和波札那。

戰爭齜牙 War Bares its Teeth
──給澤倫斯基

戰爭所摧毀的
比壞天氣更惡劣

戰爭已經過去啦
經歷過啦；戰爭所
肆虐過的地方
被摧殘嚴重超過
龍捲風造成的損害

戰爭殘酷的牙齒
所咬出來的
所咬進去的
所咬成兩半的

確實令人訝異
戰爭目的
在於人的肉體
在於人的生命

需要很大力量
才能結束人的生命

是肉體太硬
是肉體不夠嫩
刀叉無法
戳刺和切割

為什麼需要
那麼強大火力

動用火箭、炸彈
豈不是殺戮過分嗎

當武器正在對話
是多麼異樣的對話

相較於
人的對話

是以討論方式
是以談判方式

下馬威 Off his Horse
——給普丁

他正在與西方
與美國下棋
期望能贏

即使我跟他打賭
推拉他

期待他被推翻
預料他垮台……

就連俄羅斯棋手
加里・卡斯帕羅夫
正在與
普丁對奕……

2014 年在克里米亞
他違反規則
與小綠人一起玩
也贏啦,但也許
只是暫時

現在他正試圖
在 2022 年,拉下
整個烏克蘭

正在全世界注目下
與自由世界
完全或幾近完全團結

與他博奕
與他爭戰

是不同的場域
在不同的場域
完全是異類球賽
他可能會摔倒屁股
他可能會跌個狗吃屎
他可能會丟臉結束

(巴哈馬)奧比代亞・邁克爾・史密斯

（加拿大）查德・諾曼
Chad Norman, Canada

　　查德・諾曼（Chad Norman），近 40 年來，在加拿大全國和世界上許多國家的詩刊發表詩，也被譯成阿爾巴尼亞文、西班牙文、波蘭文、華文、土耳其文、義大利文、捷克文、越南文和匈牙利文。2016 年應北歐加拿大研究協會邀請，在哥本哈根鮑利葛（Borregaard）體育館、奧胡斯（Aarhus）里斯科夫（Risskov）體育館，和兩市其他讀書會，以及瑞典馬爾默（Malmö）市讀詩。2017 年在加拿大東部金斯敦、渥太華和蒙特利爾，2018 年在愛爾蘭、蘇格蘭、威爾斯各地讀詩。近年著作有《斯考爾：瑪麗・雪萊聲音內的詩》（*Squall: Poems In The Voice of Mary Shelley,* 2020）、《西蒙娜：S.P.C.A. 的慶典》（*Simona: A Celebration Of The S.P.C.A.,* 2021）、《包容性事件》（*A Matter Of Inclusion,* 2022）。目前是加拿大詩人聯盟會員。

進化論,就說吧
Evolution, Say It with Me

一個景觀消失了……
所有空樹枝
都在準備打扮
嫩枝。

其中,在樹皮內,
天空想要佔有,
已遞送建議。

春天帶來新芽
顏色少。

正如烏鴉總是飛
穿過如此景觀
讓眼睛
享受運動,
讓風
停留在那些樹枝。

都是上選。
潮流
逐字在攀升,
無關時間
提供任何笑聲。

難怪
戰爭回來啦
幾乎像時尚一般,
烏克蘭很遠
穿得越來越少
除了國旗之外
要求全世界都穿。

如何知道我是人
How to Know I am a Human
——（給烏克蘭家族）

在決定藍色的天空下
一塊黃色塑膠布
陷在
鄰居籬笆內。

當世界可以提供
土壤或心靈
各自帶來沉默
在炮彈之間，海
不知道，犯罪和潮汐的
海岸線悲情。

在我寄身的小小體內
只允許以我當今身分的聲音
對戰爭抗議,
鏡子裡的一張臉沒有破損
無法微笑或打招呼,
或讓家人知道
在找某種形式的邊界
丈夫和妻子,抱著孩子
兩人共享,一生就這麼一次。

(加拿大)黛安・雷金巴爾
Diane Régimbald, Canada

　　黛安・雷金巴爾（Diane Régimbald），住在加拿大魁北克省蒙特婁。詩人，2017年起擔任現任國際筆會魁北克婦女委員會主席。1993年以來已出版十本詩集，七本在魁北克，三本在法國。獲選入多本合集和選集。部分書籍被翻譯成英文、西班牙文和加泰羅尼亞文。

給堂堂烏克蘭的詩
A Poem for Proud Ukraine

我小小心房向你們敞開
烏克蘭人民呀
你們的痛苦、你們的眼淚
你們的遭遇

我們到哪裡去找平安
當強大的對方
甚至連他自己都疏離
並且傷害你們
要把你們都消滅

我知道現有的精銳力量
更強大過死亡
要站在燒焦且破碎的
大地上
夢想自由

光線穿透恐怖洩漏進來
到你身邊像美
像熱愛你的土地
象徵藍色、黃色
天與地

(維德角共和國) 葛羅莉亞・蘇菲雅
Glória Sofia, Cape Verde

　　葛羅莉亞・蘇菲雅（Glória Sofia），1985 年生，畢業於葡萄牙亞速爾群島（Azores）大學，曾獲哈佛大學等三所大學邀請參加讀詩會和對談。著書被翻譯成多種語言，刊載於選集、雜誌、期刊和網站等。參加過多項國際詩歌節。榮獲若干文學獎。

戰神
God of War

愛一尊神
一尊戰神

這尊神
世界磨光過
存在天堂谷裡

我愛戰神
那是星星為從未見過的
苦難所雕刻
我愛全能的神
融合力量與自然
流盡全部的美

我愛濫殺無辜的上帝
淹沒尖叫聲
淚流不止
我自以歲月匆匆
且太陽被塞在槍內為榮

我愛戰神
感情在神聖的手指之間滑落
我的童年在戰爭子宮內受到照顧

愛神，憤怒之火
願國家之間的宇宙不公
會被寬恕、保護和愛
流血旋被遺忘

生涯與戰爭
Life and War

從乾燥焦慮的子宮
匆忙吞噬浪漫
夢想遭歷史咀嚼

國家打碎花瓶
在玫瑰花凋謝之前
來自天真軌道的液體
餵愛給貪婪吃

在這戰爭的生涯中
我們是在霰彈槍
所加工文字的
土地上
由希望自由的
男人用血
灌溉

在烏克蘭,
今天,隨著戰爭
音樂是炸彈
在心靈內
爆炸成碎片
沒有武器的國家呀
撕碎你的希望
打破你的眼睛
讓你的耳朵流血

(維德角共和國)維拉・杜阿爾特
Vera Duarte, Cape Verde

維拉・杜阿爾特(Vera Duarte),法官、詩人、小說家,現居普拉亞市(Praia)。里斯本大學法律系畢業,維德角共和國文學科學學術院院士,非洲婦女法律研究所會員。獲共和國政府和總統獎、歐洲理事會人權獎。出版詩集有《明日黎明時》(*Amanhã Amadrugada*)、《激情群島》(*Arquipélago da Paixão*)、《祈禱和懇求或歌頌絕望》(*Preces e Súplicas ou os Cânticos da Desesperança*)、《歡笑與淚水》(*De Risos & Lágrimas*)、《重建海洋》(*A Reinvenção do Mar*)、《海邊的橘子》(*Naranjas en el Mar*)、《在寂靜日子裡編織文字》(*Urdindo Palavras no Silêncio dos Dias*)等。

不受歡迎的人
The Undesirable

你把飢餓帶到富饒的地方
你把痛苦帶到歡樂的地方
你把死亡帶到生命脈動的地方
你把恐怖帶到唯有愛統治的地方

飢餓的血,餓狼呀
你為了更多更多的破壞而發熱
為求平息你內心滋長的憤怒
當不可言喻的英雄出現時

既無牛群可憐叫聲
也沒有被囚禁者絕望呼喊
既無調解員明智聲音
就沒法阻止你,憤怒的兇手呀

太嚇人到失去意識
太誇張到失去憐憫
太驕傲到失去智慧
只有瘋狂在支撐你

看看鏡子，縱火者呀
或許你會在鏡中認出
你變成的鬼臉
常年獨裁者的邪惡心靈

你不值得開放性傷口的泄殖腔
你不值得你偷來的發霉麵包
你不值得把指甲插入腐肉內
只有邪惡從你身上蒸餾出來

邪惡的心靈呀
殘忍的雙手呀，浸滿鮮血
從你身上只會散發腐爛氣息
從你身上只有死亡在生長

烏克蘭之歌
Ukrainian Song

序曲

一切輕鬆快樂
一切皆生命和人性
但一種本能激發仇恨

第一章

在深沉漆黑的夜裡
從疫病肆虐的大草原
精神不濟的受難部隊跟隨
前方戴兜帽的身影
眼睛充血
舉起三叉戟
號令不停
　血血
　　死死

戰戰
在活死人合唱中
悲傷的部隊服從重複
　　戰戰
　　死死
　　血血
步行進軍冷酷
滿地屍體
後援正在退出
抽泣吞下去
不要給犧牲掉的劊子手
當做下一位受害者

第二章

在路障的另一邊
夜晚是有身價男女的
燦爛白天
在團結的自由夢中
無所畏懼尖叫
這是我們深愛的祖國
自由、和平與愛
還有令人驚嘆的男女
增添溫柔和光亮

牽著勇敢的手
　肩並肩
　　痛苦連痛苦
　　　愛連愛
面對敵軍
和可怕的指揮官

終曲

晴天即將到來
而在祖國
人類
嗜血最終會受到
制裁

(丹麥)尼爾斯・哈夫
Niels Hav, Denmark

　　尼爾斯・哈夫（Niels Hav），是丹麥詩人，著有七本詩集和三本短篇小說。書被翻譯成多種語文，包括葡萄牙文、荷蘭文、阿拉伯文、土耳其文、英文、塞爾維亞文、庫德文、阿爾巴尼亞文和波斯文。詩和小說發表在世界各地期刊、雜誌和報紙。經常接受媒體採訪，因為他足跡遍及歐洲、亞洲、非洲、北美和南美。現居住在哥本哈根最豐富多彩的地區。最近著作《幸福時刻》（*Moments of Happiness*, 2021），由溫哥華 Anvil Press 出版。

暗中抓蜥蜴
Hunting Lizards in the Dark

殺戮過程中我們
不知不覺沿湖邊走。
你談到史曼諾夫斯基*，
我觀察一隻白嘴鴉
在吃狗屎。
我們各自受困
陷入無知罩殼包圍
以此防衛我們的偏見。

整體主義者相信喜馬拉雅山上蝴蝶
振翅就會影響到南極洲的
氣候。可能是真的。
但是坦克車開進去的地方
血肉從樹上滴下來
確實不舒服。

探索真理就像暗中抓蜥蜴。
葡萄來自南非,
米來自巴基斯坦,棗子來自伊朗。
我們支持對水果和蔬菜
開放邊境的概念,
但我們無論如何轉身
屁股總是在後面。

死者被深深埋在報紙內,
我們,無動於中,在天堂郊區
坐在長椅上
夢想蝴蝶。

* 史曼諾夫斯基(Karol Maciej Szymanowski, 1882~1937),波蘭作曲家。

戰爭
War

戰爭這個字
幸而在俄羅斯禁用。
焦慮、尖叫和炸彈等詞語
也必須禁止。

最愚蠢的事情就是思考。
侵略這個字已經禁用。
沒有軍隊傷亡數字。
不能提到哭泣的士兵。

禁止提到屍體和兒童受到毆打,
地下室和地鐵站內的恐怖。
幸而死亡這個字禁用──
在俄羅斯死亡是非法的。

（丹麥）辛蒂・琳恩・布朗
Cindy Lynn Brown, Denmark

　　辛蒂・琳恩・布朗（Cindy Lynn Brown），丹麥／美國雙重國籍，詩人、小說家和文學翻譯家，現住丹麥哥本哈根。擁有文學和創意寫作學位。詩被翻譯成多種語文，並在世界各地詩歌節朗讀。她本身也是丹麥歐登塞市（Odense）國際詩歌節策劃人，對詩和藝術合作有經驗和強烈興趣。最近在網站 HerSaybook.net 發表關於難民的合作詩集。著有獨立書《交易破壞者》[我每晚用海浪打臉]（*Dealbreaker [every night I smash my face with waves*, 2017），是關於睡眠和失眠的詩拼貼畫。已經出版10本丹麥文書籍。

親屬關係
Kinship

克拉拉・列姆利希和我曾祖父母一樣
出生在烏克蘭
和他們一樣,比我逃離
反猶大屠殺更遠
和我一樣,四歲時自學寫作
親屬關係永無止境
並非世界要求另一場戰爭
那需要更多難民
當年的傷口還在流血
世界還如此年輕和殘酷時
邊境仍然被恐懼和自以為是所封鎖
親屬關係永無止境
我們不互稱難民、火車遇難者或怪物
我們都有赤色肺和肝臟
渴望歸屬
有些地方稱為家

* 克拉拉・列姆利希・謝弗森（Clara Lemlich Shavelson, 1886~1982），烏克蘭移民的美國勞工運動領袖，1909 年紐約服裝業工人 2 萬人大罷工起義領導人。

金屬疲勞
Metal Fatigue

重點是什麼
你帶著愚蠢的憤怒
到底有什麼用
打壞掉長時間精心砌造的一切
以及不小心配置好的
家、學校、圖書館、鞋店
軍事基地、幼稚園
大使館、風力渦輪機
游泳池、市政廳、理髮店、街頭小吃攤
現在怎麼辦？戰爭呀，你得到什麼
有得到你想要的東西嗎
你毀掉猶太教堂、基督教堂、清真寺和太空站
加以粉碎，丟出碎片，戰爭呀，你的呼吸經常惡臭
沒有人真正想要你在這裡，坦白說
你闖入兄弟姊妹之間、情人之間、師生之間
把無人機留給你自己，你和你那可怕的房間
你的引擎，戰爭呀，你的節奏，你的不規則轟鳴
你有金屬疲勞嗎？你生鏽嗎？你在追求什麼？

去參加非暴力溝通吧，戰爭呀
不然就關閉動力
我們一起閉嘴

（英國）馬克・安德魯・希思科特
Mark Andrew Heathcote, England

　　馬克・安德魯・希思科特（Mark Andrew Heathcote），住在英國曼徹斯特（Manchester），是成人學習障礙支援工作者。在網路和紙本期刊、雜誌和選集發表詩作。已出版兩本詩集《永恆》（*In Perpetuity*）和《回到地球》（*Back on Earth*）。

表明後果灌輸恐懼感
Consequences Uttered to Instil a Sense of Fear

今天我們驚慌看到
俄羅斯坦克的蓄意行動
碾壓過行駛中的民用汽車
眼見住宅摩天大樓廢墟
無辜者家園被摧毀，在仲冬
受到遣送逃入未知險境，
我們看到人民拚命抱住嬰兒、孩童
還有泰迪熊摟在胸前。
而擁有全部軍棋兵工廠的俄羅斯
包圍獵物，砲轟威脅世界
逼近札波羅熱核電廠
像貓，用爪子在玩弄地球儀。

針對此增加恐怖事件攤開
我們都聽說火葬場死亡機器
如何草率落後處理己方的死者
我們都被告知戰爭要

（英國）馬克・安德魯・希思科特

「去軍事化和去納粹化」
以努力阻止未來更多暴力行為
但顯而易見的是種族滅絕
侵略者的入侵一心一意要破壞、
搶劫和謀殺，他們聲稱歇斯底里
已經很快抓住我們的感官
我們西方人會再度清醒。

我們一旦是信賴夥伴就會冷靜，
然後安心重新談判彼此殘局
為國王僵局解決平等夥伴關係
因為若不這樣做，就會有
比你所面臨世界歷史上
任何更嚴重的後果。
因為若無俄羅斯，我們要世界幹什麼？
所以普丁再一次宣布他想要
俄羅斯核子威懾力量處於「高度戒備」狀態
並命令西方不要干涉
重複表明「後果」灌輸恐懼感。

最優秀也最適合
Finest and the Fittest

她恰如其分悻存的象徵
最優秀也最適合。
這不就是生命循環的恰當象徵嗎？
幾乎令人難以置信望著這位老婦
勇敢走到一群士兵面前
查問，強烈要求回答：
「你們是誰？」

士兵：我們正在演習。
什麼樣的演習？你們是俄羅斯人嗎？
你們在這裡做什麼？
你們法西斯主義在這裡做什麼？
你們為什麼在這裡？你們在這裡做什麼？

（英國）馬克・安德魯・希思科特

士兵：我們正在演習。
不要把這種情況搞升級。
你們帶這麼多槍在我們土地上做什麼？
把這些種籽放進你們口袋裡。
小伙子，小伙子，把這些葵花籽放進你們口袋裡
你們來到我的土地。你們明白嗎？

「你們是敵人，佔領者。」
你們可惡。我告訴你們。
「從此刻起，你們該罵。」
把這些種籽放進你們口袋裡。
小伙子，小伙子，把這些葵花籽放進你們口袋裡
當你們都躺在這裡時，至少向日葵會成長。

她向他們展示恰如其分悼存的象徵
最優秀也最適合。

（英國）錢伯斯
M Chambers, England

　　錢伯斯（M Chambers），在念書時就開始寫作，甚至更早在 8~9 歲，就常在家休閒時，編攸關住家地區和風景的故事。他就讀杜倫（Durham）大學學院，1987 年獲學士學位，1994 年獲杜倫城堡考古學和建築學博士學位。職業生涯開始是專業考古學家，工作近 30 年，遍歷全國。主管過首度現代式挖掘哈德良城牆（Hadrian's Wall）的根基，後來從事英吉利海峽隧道開發。利用閒暇時間寫作，在職場的一次短篇小說比賽得獎。由此獲得鼓勵，開始參加競賽。短篇小說不論長短入圍多項比賽，數次得獎。如今已經退休，住在北約克沼澤國家公園（North York Moors）旁邊，嘗試在小後院種植東西。

日常生活
Everyday Life

煙霧籠罩，花團錦簇城市
街道上滿地噴出的瓦礫
那裡以前都是房屋。
燒毀的車輛隨地棄置
全體緊張，就緒。
年輕新鮮的面孔在陰影中
抓緊機槍對準自己
像泰迪熊。

不敗
Undefeated

隻手從瓦礫下方
摸索。
灰燼血跡斑斑的手指
四處尋找,碰到
粉筆。
搜尋到
未被悲傷
所籠罩的空間,
寫上:
「自由是最後的財富。」

（迦納）法蘭西斯・卦庫・酷馬
Francis Kwaku Kuma, Ghana

　　法蘭西斯・卦庫・酷馬（Francis Kwaku Kuma），英國赫爾（Hull）大學管理碩士，英國哈德斯菲爾德（Huddersfield）大學商學院進修會計資格，馬來西亞技術大學Azman Hashim國際商學院博士。現職是迦納Koforidua技術大學商業管理學院講師。身為研究員、小說家、詩人、散文家，和迦納作家協會（GAW）會員，已擔任東區分會會長五年。出版兩本小說《在女人身體》（*In a Woman's Body*）和《我的天空花朵》（*My Sky Flower*），以及一本詩集《葫蘆》（*The Gourd*）。

戰爭之子
A Child of War

基輔薰衣草田園的純真花朵
從她媽媽懷裡冒煙出來
激烈衝突的飛彈火舌
給新一代帶來死亡
藉以安撫嗜血的致命暴君
展開一場無聊的男性暴力戰爭

她的明天隨旋風而逝
被肥臉的惡毒鄰居摧毀
建築物被煙霧吞沒
她抓個玩具跑去尋找掩護
基輔,童年夢想的城市
被恐怖和地獄的使者偷走

(迦納)法蘭西斯・卦庫・酷馬

夜晚媽媽擁抱她
哼唱被遺棄世代的搖籃曲
俄羅斯飛彈襲來的瞬間
搖籃裡的小娃安靜回到家
要命的入侵持續不停
害死她的朋友,換了別人

克里姆林宮的假訊息宣傳
繼續毒害空氣和俄羅斯
無端侵略烏克蘭
普丁向裡海國家領導人示好
加強區域支持
以對抗西方主宰

戰爭之子,純真的孩子
渴望食物的弱勢者
來自西方和其他地方
終結破碎的夢想
斷絕無情寡頭的氧氣流量
支助克里姆林宮戰爭資金
新冷戰的前兆

勇敢的澤倫斯基
Brave Zelensky

洶湧的砲火沛然天降
紅眼戰犯在鄉村潛行追蹤
具有東方不相稱野心
旨在給基輔留下無頭傀儡
死亡藉空氣染毒產生連鎖反應
殘酷攻勢的爆炸彈頭
以幾乎持續不斷的砲火
攻擊城市和鄉鎮

凸顯死亡,奉獻要用金書寫
空運澤倫斯基及其家人和全體
遠超過致命突襲
但他反而抗議要求提供致命武器
釋放馬里烏波爾的亞速鋼鐵廠戰士
和泡在莫洛托夫雞尾酒中的對敵
集體反抗以激怒克里姆林宮

七大工業國組織領導人聚會巴伐利亞山麓
向陷入困境的國家投擲麵包屑
宣布新黎明蒞臨頓巴斯
沒收寡頭政客的豪華房地產和遊艇
當普丁破壞歐洲和平時
連帶奸詐攻擊
赫爾松、敖德薩和克雷門丘克購物中心
他越來越好戰
攻擊遵守規則秩序的信條

馬里烏波爾戰士
Mariupol Warriors

馬里烏波爾的亞速鋼鐵廠戰士
英勇防守,不屈不撓
堅決提供結實抵抗
保護烏克蘭蔚藍薰衣草田園
載運裝甲運兵車
以金色盾牌穩定前線
對敵人強灌莫洛托夫雞尾酒
反制俄羅斯顛覆計畫

響應來自陷入受困民族的呼籲
歐洲安全政策制定者
在巴伐利亞山聚會
站在被圍攻國家背後宣告
新一輪制裁,抽走俄羅斯代理人
與寡頭政客的氧氣流量,拖垮經濟
反制中國,克里姆林宮酒肉盟友
向外蔓延的全球影響力

指責普丁「毒性男子氣概」
巴伐利亞議會決議
壓倒性聚焦於克里姆林宮
削弱其洩漏的戰爭資金
流氓國家介入暴力戰爭
致命攻擊和封鎖
切斷通往黑海的通道
引發世界糧食和燃料危機。

致命侵略拖累歐洲側翼
歷史性馬里烏波爾戰士洶湧前進
將戰線重置到更北方
加強戰場防衛
阻止普丁反擊
剝奪他在該地區影響力
烏克蘭家庭逃離戰爭
跨洋尋找食物

（印度）瓦爾莎・達斯
Varsha Das, India

　　瓦爾莎・達斯（Varsha Das），新德里前國立甘地博物館館長，若干教育和文學組織終身會員。榮獲許多獎項，18 歲首開紀錄，獲古吉拉特語（Gujarat）童書獎。得過新德里舞曲詩句學會（Sahitya Akadem）和阿默達巴德市（Ahmedabad）的古吉拉特邦舞曲詩句委員會（Gujarati Sahitya Parishad）獎助，把西塔坎特・瑪哈帕特拉博士（Sitakant Mahapatra）的奧迪亞語（Odia）詩翻譯成古吉拉特語。東京創價大學頒授榮譽勳章，表彰她對人文教育與和平的貢獻。以不同身分與印度國家圖書信託基金合作歷 30 年。

響亮迴聲
Resounding Echoes

邊境,界限,
是線、柵欄或牆?
還是山、山谷或大海?
還是僅僅不同身分的隱喻?
是的,我說不同語言,
吃不同食物,穿不同衣服,
我的膚色不同,
但我出生就是如此
跨越邊境的女孩出生,
同樣由母乳餵養,
深受雙親喜愛,
正如她一樣。

愛跨越界限,並無不同
心臟以同樣節奏跳動
而同色的血
在相似血管內流動,

在同樣尺寸和形狀的
心臟進出。

遇到困難時,我們都會抬頭仰望
愛和保護,相信隱形但已知的東西,
在我心,在你心,
在似乎不同的所有人心裡,
他們住在所謂邊境的另外一側。

邊境在分界時,我們會關注差異,
愛結合時,我們會看到共同性。
讓我們用愛呼喚,
聆聽響亮迴聲,
無論有多長多強,
那就是邊境!

(印度)瓦爾莎・達斯

難民！
Refugees!

在黑暗中摸索的時候
理解到光明重要性。
喉嚨焦乾的時候
人會拚命找水。
人不珍惜自己所擁有，
只有在缺乏時，才會渴望！
公民、民族和國籍
在失去之前，沒什麼意義。
人在飽受戰爭踩躪的國內逃命
遭到巨大殘酷連根拔起
避風港，突然崩潰。

他們越過邊境像無助的乞丐，
進入未知領域。
藝術家和技術官僚，
勞動力和商業階層，
一律平等並貼上標籤
簡直是難民呀！

不料，你的名字是生命！

(印度)莫莉・約瑟夫
Molly Joseph, India

莫莉・約瑟夫（Molly Joseph），擁有「戰後美國詩」博士學位，以喀拉拉邦阿魯瓦（Aluva, Kerala）聖澤維爾學院（St. Xavier's College）英語系系主任身份退休。身為雙語作家，寫遊記、詩和短篇小說，出版過17本詩集，包括《秋葉》（Autumn Leaves, 2016）、《越過海浪之聲》（Voice over the Waves, 2022）等。她到處旅行，參加國內外詩歌節，榮獲若干獎項，包括 2018 年華茲渥斯（Wordsmith）獎、新德里亞洲文學協會「印度女性成就獎」。詩作獲選入《在疫情期間沉思——新冠病毒世界詩選》（Musings During a Time of Pandemic－A World Anthology of Poems on COVID-19）。詩集《水在石上歌唱》（Water Sings over the Stones）榮獲新德里亞洲文學協會 2020 年度最佳英語詩集獎。

烏克蘭,世界與你同在
Ukraine, the World is with You...

停!
停止這種難看的遊戲⋯⋯
俄羅斯呀!
你笨蛋
想要博取聲望⋯⋯

戰爭,有帶來過
真正的勝利
給任何一方榮耀嗎?
正好陷入
恥辱
這種罪惡
摧毀
寶貴的人命⋯⋯
破壞
這美麗的地球⋯⋯

慾望貪心
貪婪的眼睛
釘住權力
征服
冷酷無情操縱……

你侵犯
殺戮並摧毀
使當地人流亡
在自己的土地上
一群優秀人才
土地富饒
資源成為目標……

烏克蘭呀，振作起來
你們團結不破裂
世界與你同在

不要讓這火焰燃燒的
邊緣
閃爍和閃光
引起火災
另一場世界大戰

意味人類、大自然
地球、宇宙死亡……

不要火上澆油
為迎頭趕上
挑撥和選邊站隊
確定無法解決……

無辜生命被捲入
帶著絕望飛奔逃亡
無辜大地被捲入
起火燃燒……
巨大殘骸騰升
毒霧，令人窒息……

半燒焦
逃奔孕婦
碎心的悲聲高昂
扶著殘廢長者
你真無情
轟炸家庭、醫院……

宇宙在哭泣……
救世界，停止戰爭……

起來吧
我們強烈呼籲和平，
俄羅斯呀，停止魯莽攻擊
給你造成回力鏢……

停！
讓好感佔上風。

寂靜和平
Silent Peace

嘎嘎響……
日子暗淡啦,當戰爭和交戰念頭
釋放出如此多毒液……
就像身體某部位疼痛
影響全身,嘎嘎響……
人怎能
眼戴眼罩,頭腦裝滿
仇恨和貪婪
啟動大規模破壞儀器……
實現寂靜和平的時候到啦
人類正在覺醒,超越動盪時代
迎接和平、愛與關懷的新曙光……
地球上,我們小如塵埃的
生命是多麼短暫啊!
讓我們塗抹和睦相處
美好契合的聖水……
我們是地球上這場苦難中的一員
讓判斷力佔優勢
飄送寂靜和平的微風……

（印度）潘卡詹・柯塔拉茲
Pankajam Kottarath, India

　　潘卡詹・柯塔拉茲（Pankajam Kottarath），在印度喀拉拉邦（Kerala）出生長大，是雙語詩人和小說家，已出版 34 本書，包括 20 本詩集。詩、書評、短篇小說和文章已獲許多國家和國際期刊、選集刊載。有一本詩集譯成法文，三本文學評論集討論其作品，一本《論潘卡詹・柯塔拉茲詩作》專著也已出版。得過許多獎項，例如 2019 年獲滾石國家獎，和世界思想家與作家聚會舉辦的 ISISAR 徵文比賽獎，著作《花束》（*Bunch of Blooms*）獲 Cochin Litfest 獎，《風之讚頌》獲 2021 年 Havens Eclat 獎，2020 年、2021 年和 2022 年在印度獨立紀念日前夕獲頒古吉拉特邦薩希蒂亞學院獎（MS-Gujarat Sahitya Academy Award），2022 年魯埃爾（Reuel）國際終身成就獎等。

戰爭中無詩
No Poetry in War

黑海邊的克里米亞共和國焚燒起來
標靶從裡到外被撕裂。
戰爭愈演愈烈
淚水無法洗刷猩紅土壤。

槍林彈雨、建築物倒塌
城市殘破、車輛毀損
人員報銷、到處都是廢墟
死亡、損壞、混亂
殘廢、厭惡和精神錯亂
孤絕、抑鬱、失落、創傷
大家都從肩膀上方注視人民
寡婦、孤兒、傷患、難民⋯⋯
到處都在悲愁和哀悼
封閉是難以理解的概念。
他們學會忍受失落。

無意義的暴力播撒黑暗與痛苦
無辜的人民收穫悲傷。
年輕人奮戰至死,
年老體弱者想不出逃亡辦法。

要躲藏到哪裡?要逃往何處?
有多遠?有多久?
何處安全?何處是收容所?
何處可尋求庇護?
這是從煎鍋到火源的旅程
生命的根基崩潰啦。

當邪惡的暴君宣揚戰爭時
文字能戰勝憤世嫉俗的利益嗎?

戰爭中無詩,只有貧困。

(印度)潘卡詹・柯塔拉茲

（印度）蘇加塔・達什
Sujata Dash, India

　　蘇加塔・達什（Sujata Dash），出身於印度奧迪薩邦的布巴內斯瓦爾市（Bhubaneswar, Odisha），為退休銀行從業人員。出版兩本詩集《不僅僅是：一堆詩》（*More Than Mere: A Bunch of Poems*）和《色彩的騷亂》（*Riot of Hues*），獲得好評。身為歌手且狂熱愛好大自然，經常向世界性詩選投稿。

我們需要內省
We Need to Look within

無論情況如何
無論誰該受譴責
在此關頭
我們需要擺脫這些狂風暴雨
因為無人能從戰爭獲益

持續不斷的爭鬥
時贏時輸
從雙方瞄準
有人居住的延伸區域
每天造成嚴重破壞
領導者傲慢
不妥協的凡人，掌管事務
可憐悲傷的心靈——必然付出代價

（印度）蘇加塔・達什

除強勁的復興以外
磨練同情心與自由自在的新穎展望
也是當前所需
如果雙方依然固執
在責罵競技上加油添火
那麼，不確定性厚重面紗本身會持續下去

為什麼我們要拒絕
沿崇高的善良道路跋涉前進？
為什麼不選擇調停程序？
依我看……些許反省可以創造奇蹟
可以引導我們邁向正確方向
讓人類顯赫夢想得以實現
喚起快樂時光和正面的氛圍
數百萬人為愛飢渴的心靈
得以慶祝家庭團聚生活

希望並祈求，讓珍惜的日子
很快開始或很快蒞臨

滿地車轍飛塵的戰爭路途
The Rutted Dusty Path of War

我父親八十多歲
埋頭抵胸
正在嚴肅思考
經歷過第二次世界大戰時代
他對當前事務情況不滿意
這牽涉到
不只是交戰國家
也事關令人厭惡的現實
威脅到要傷害宇宙
完整一體性

戰爭後果的陰影
蹲伏在他的心境下
逐漸蔓延
促使他說——
「如果身體有一部位反抗另一部位
那麼人或國家如何

處理這個事件……
將會持續並蔓延！！」

滿地車轍飛塵的戰爭路途
充滿刻薄和血腥色彩
蹂躪生命與核心
以致經濟高潮
陷入停頓
大規模的破壞
需要數年才能恢復正常狀態
「不要讓歷史重演」
我父親常在抽泣中重複這句話

我們家庭已經表現團結
發誓要升級到「嚴重關切」
直到百萬人的聲音加入此動機
希望盡快好轉
或者，立刻
庶不致對交戰國造成進一步損害
好讓明天黎明可經歷
希望信賴和信心的驗證
以堅定的色彩
描繪疑慮的地平線。

(愛爾蘭)馬特‧穆尼
Matt Mooney, Ireland

馬特‧穆尼(Matt Mooney)出生於南戈爾韋郡基爾奇雷斯特市(Kilchreest, South Galway)。出版詩集《驅趕家畜》(*Droving*, 2003)、《掉落的蘋果》(*Falling Apples*, 2010)、《地球到地球》(*Earth to Earth*, 2015)、《歌唱的森林》(*The Singing Woods*, 2017)和《由星球掌舵》(*Steering by the Stars*, 2021)。愛爾蘭語詩集《逃脫》(*Éalú*)出版於 2021年。獲 2018 年 Pádraig Liath Ó Conchubhair 愛爾蘭語詩獎、2022 年 Ballybunion 藝術節獎。詩作入選《阿馬拉瓦蒂詩棱鏡》(*Amaravati Poetic Prism*)、《不是沉默的時候》(*Not the time to be Silent*)、《在疫情期間沉思──新冠病毒世界詩選》、《我無法呼吸:社會正義詩選》。現任《戈爾韋評論》(*The Galway Review*)副主編。

只有大力神
Only a Hercules

低沉的鉛色天空把太陽隱藏,
鋼灰色白天在橙黃光芒中消逝。

遠離飽受災害的巴赫穆特喉嚨發出
俄羅斯和烏克蘭的戰爭怒吼,
我醒來時變成渾濁的水,
回想陷在戰壕裡的日常生活。

澤倫斯基,拿破崙式人物,昂首闊步,
穿卡其色T恤、短髭鬚,火爆浪子,
眼中閃爍不曾暗淡過的自由光芒。

普丁從金牆大廳邁步出現,
蘇聯人精神飽滿正步前進,
鬍子刮淨,襯衫加領帶,面無表情。

為和平,我們需要召喚大力神,
基輔的人類巨人已盡其所能,
再次抬高天空,讓陽光照進來
那邊向日葵垂頭的地方。

聶伯河
Dnipro

聶伯河的心臟有個洞,
張開致命深度的戰爭傷口,
一棟公寓大樓被壓扁
在聶伯河堤岸上。

我由此想像一張險惡的臉,
策劃侵略的軍閥,
大膽冷酷的眼光盯住我們全體,
以克里姆林宮巡航飛彈為傲。

往昔他們的隱私很寶貴,
自由度過充實的生活
如今這一切似乎成為遠方世界,
受傷嚴重,在計算死亡人數。

他們在光榮烏克蘭的大災難,
讓他們檢視悲劇和怪誕,
廚房垃圾中所見花朵,
就此危險棲息在愛心行動中。

（愛爾蘭）愛德華‧施密特－左納
Eduard Schmidt-Zorner, Ireland

　　愛德華‧施密特－左納（Eduard Schmidt-Zorner），在德國出生，移居愛爾蘭凱里郡（County Kerry）已30多年，以愛爾蘭公民自豪。詩、俳句、短篇小說翻譯家和作家。以英文、法文、西班牙文和德文寫作，舉辦日式和華式詩文工作坊。參加愛爾蘭四個作家團體為會員。在美國、英國、愛爾蘭、澳洲、加拿大、日本、瑞典、西班牙、義大利、法國、孟加拉、印度、模里西斯、尼泊爾、巴基斯坦和奈及利亞等國二百多種選集、文學期刊發表作品。部分詩和俳句已出版法文（自譯）、羅馬尼亞文和俄文版本。

悲痛的真相
Bitter Truth

馬里烏波爾、哈爾科夫。
警笛合唱團宣布
死亡之鳥入侵。
在焦土下方
掩蔽壕內有許多很深台階,
他們緊靠牆上
在等待。

他們傲然挺立,
緊握拳頭
把破碎的數日和數星期
插在外套口袋裡,
把他們還未破碎的心
還未破碎的自由盼望
放在心靈內,
面對面站在
崩潰的世界下方
瞬間靜止不動。

母親的眼神
提醒他們的世紀。
老人家還記得
德軍入侵，
苦難再度面臨
破壞和殲滅。
他們還在下面
等待
命運的裁決。

侵略者面臨
那些沒有忘記拼寫
自由的人具有抵抗性絕望
和堅強的決心。

在劇院的廢墟上
白鴿咕咕叫，
繼續，繼續，
明天可能會死
但和平象徵
會盤旋
在瓦礫之上，
毫不畏懼。

人常說，真相先戰死。
真相被視為廢墟的輪廓。
外牆上的大鐘停擺，
俯視群樹
再也不會長到空中。
樹枝無葉倒下
也不開花，
在這個戰爭的春天，
絕不綻放，

再也不會綻放……

致盲之光
Blinding Light

我們點蠟燭祭祀，
提醒我們某人或某事。
我們點燈警告，
設定訊號，觸發反射。

這些火焰對我們也有好處，
有賓至如歸的感覺。
帶來愉快的感受、好心情，
一種解除，一種脫罪⋯⋯

或者我們在降臨節點蠟燭
想要表示期待，
準備接受更多的光。
或是在光明節點蠟燭
以便記住光的奇蹟，
解放猶太人民。

在復活節守夜開始時
我們聽到響亮的呼喚聲：
「基督的光」
我們聆聽黑暗
和希望。
這一年我們點亮
香氛蠟燭、香薰蠟燭，紅色或白色，
就像許多國旗的顏色一樣。

現在，很遠的地方，森林的邊緣，
在邊境地區，
我們看到暴力的紅色火焰。
火焰從屋頂桁架噴出。
麥田、村莊、森林都起火焚燒。

逃難的人群
不再相似，且相去甚遠，
從我們城市的守夜活動中，
有人舉標語
「不要再戰爭」
高舉過頭頂，
哀愁滿面。

久遠的事,如今已經忘記
蠟燭也是如此。
現在毀滅性的火焰
呼籲反思和反應。

為時已晚,
柔和的燭光
已造成我們目盲。

（以色列）昌納・莫燮
Channah Moshe, Israel

　　昌納・莫燮（Channah Moshe），住在出生地以色列耶路撒冷。曾在英國倫敦、瑞士拉圖爾德佩（La-Tour-de-Peilz），以及美國華盛頓特區和馬里蘭州，住過幾年。詩發表在印度多語文版國際詩選《阿馬拉瓦蒂詩棱鏡》（*Amaravati Poetic Prism*）、英國《以色列英語作家協會ARC 21》、Gli Amici de Guido Gozzano 網站，於此榮獲義大利 Il Meleto di Guido Gozzano 獎。另獲選入肯亞克利斯多福・歐肯姆瓦（Christopher Okemwa）編輯《我無法呼吸：社會正義詩選》（*I can't Breathe：A Poetic Anthology of Social Justice*），以及猶太婦女文學年鑑、美國韓英雙語詩選《跨越海域》第3集（*Bridging the Waters III*）暨《韓國海外文學》第24期（*Korean Expatriate Literature 24*）等等。

俄烏
Russia Ukraine

瓦礫正在沙沙響
像飢餓北極熊
躺在因氣候變化
以致乾燥的國土上
眼睛飢渴眺望缺冰的
地平線

中立的瑞士
符合制裁規定
戒除娛樂
諮詢魚子醬
不再投資金融
從未查問過來源

婦孺逃離
男人留下來戰鬥
一場可能失敗的戰鬥
當今是烏克蘭
海牙保持沉默
在我們的客廳裡
觀看這些暴行

越過邊境
Borders Crossed

　　入侵
　　併吞
　　遣返

　　起先
　　我確信
　　永遠不會
　　發生
　　然而卻開始啦
　　我當時想
　　一轉眼
　　就會結束吧

　　可是壞心眼的普丁
　　鼓動俄羅斯人
　　攻擊烏克蘭人
　　進行恐怖
　　破壞

消滅
經過幾天
幾週後
於今威脅
延長
陷入苦難的
冰寒冬天

婦女逃離
性侵害
尋求庇護處
帶著孩子
離開家園
即使
總會回來
這終究
是遷移到變化的
棲息地
可能
缺少了父親
丈夫
兒子

有些俄羅斯人
不情願
去攻擊
那些可能
是很好的親戚
而烏克蘭人
令人震驚的
復仇
全心全意
希望
不會打到
親戚

什麼時候我們
與他人戰爭
可能會
始終對準
親戚
無論多麼遠親
總是在地球上的
家譜

(義大利)馬麗亞・米拉葛莉雅
Maria A. Miraglia, Italy

　　馬麗亞・米拉葛莉雅(Maria A. Miraglia),教育家、雙語詩人、翻譯家、義大利語和英語散文家、英語資深講師、長期和平運動家,國際特赦組織和若干其他和平與文學組織的活躍成員,榮獲許多獎項。聶魯達文學協會創始會員和文學理事,以及若干國際編輯委員會委員。最近獲選為薩爾茲堡歐洲科學藝術學院院士。

暴君
The Despot

被貪婪蒙蔽雙眼
他擅自以人民權利為食
而不顧
他們的心思
他的監獄已滿
街道寂靜

單獨
守住華麗豪宅
比王宮還要寬闊
佔據美妙城市內的
一座城堡
俯瞰波羅的海
曾經是拉斯普丁*
被殺害的地方

（義大利）馬麗亞・米拉葛莉雅

他擁有黃金
完美藏在地球上
各地銀行
為獲得更多權力
向兄弟宣戰
利用核子武器
威脅世界
或許這招給他
成為巨人的興奮
但他行事讓人想到
佩佩・穆希卡[**]
其名字
堅持主張民主與和平

他從未在歷史書上
讀過有書頁
預言
領導者的命運
在追求
財富和聲望
不是為了平民
而是為他們自己

* 拉斯普丁（Rasputin），1869 年出生於俄羅斯西伯利亞偏僻小村落，進東正教修道院，成為神職人員，因緣際會，被引薦入沙皇宮廷，加以淫亂，被稱為「妖僧」，後被毒死。

** 穆西卡總統（Jose Mujica），烏拉圭第 40 任總統，薪水 9 成捐給慈善機構，官邸開放給流浪漢居住，自己住鐵皮屋，開著 30 年的老爺金龜車去總統府上班，被人民暱稱「佩佩」。

一次又一次
Again and Again

我聽不到永恆的聲音
創造和諧
就像管弦樂團演奏
群鳥的歌聲
在無際的天空
自由跨越過邊境
在無際的天空
溪流潺潺
泡沫流向岸邊
或是男人緩慢的劈劈啪啪聲
沿著人生道路

空氣中火光閃爍
還有在地球上
黑煙瀰漫
坦克車在襲擊
攻擊者
和受到突襲者的屍體

在集體墳墓裡
找到共同居住地

來自各地
言語的迴響激怒
心思和思想
毀滅、破壞
核子武器
原子化學
子母彈
盧布、美元
天然氣和石油

而且
房屋焚毀
歷史和記憶豐富的
建築物倒塌
人們死亡
一次又一次

（肯亞）克利斯多福・歐肯姆瓦
Christopher Okemwa, Kenya

　　克利斯多福・歐肯姆瓦（Christopher Okemwa），本詩選編輯，也編過多部世界詩選，有《在疫情期間沉思──新冠病毒世界詩選》（*Musings During a Time of Pandemic－A World Anthology of Poems on COVID-19,* 2020）、《我無法呼吸：社會正義詩選》（*I can't Breathe：A Poetic Anthology of Social Justice,* 2021）、《走出孤立：堅韌、希望和勝利之世界詩選》（*Coming Out of Isolation: A World Anthology of Poems on Resilient, Hope and Triumph,* 2022）、《烏班圖歌舞藝人：非洲當代詩選》（*The Griots of Ubuntu: An Anthology of Contemporary Poetry from Africa,* 2022）和《來自樹林的聲音：東非及其他詩選》（*Voices from the Woods: An Anthology of Poems from East Africa & Beyond,* 2023）。出版 10 本詩集、四本口傳文學教材、四本兒童故事書、兩本小說、一本短篇小說集和一部戲劇。參加過土耳其、比利時、越南、哥倫比亞、西班牙、北愛爾蘭、英格蘭和淡水國際詩歌節。肯亞基斯特雷奇（Kistrech）國際詩歌節創辦人、現任主席。

戰爭就像……
War is like……

戰爭是臭蛋
破掉啦
在我們門面和面前
噴濺出氣味
我們奔跑，窒息
緊緊捏住鼻孔
流下
痛哭的眼淚，
我們凡人腳步
沉淪地下
沾滿血跡，
我們在雙親的
心靈和骨頭之間
以碎石和泥土
覆蓋他們灰色的智慧，
我們攜帶
孩子夢想的灰燼
像風一樣吹走，

（肯亞）克利斯多福・歐肯姆瓦

在火葬柴堆上
我們任孫子那一代的
心靈冒煙升騰。

於此當今
Here Now

於此當今我代表烏克蘭
她的男女
她臉色蒼白的孩子，
在霍維拉山*前展開
對你強烈的愛
如同無數花瓣的清純蓮花
我為你流的眼淚在眼中燃燒
像聶伯河水暢流
我抱住你，基輔呀！
我的吻，我熱情的擁抱
你是地球的孩子
不亞於丘陵和山谷
你屬於星星、月亮、天空
你的血隨多瑙河流動
你心跳節奏體現在
德涅斯特河**的波峰上
然後你就於此誕生
然後你就於此存活

（肯亞）克利斯多福・歐肯姆瓦

然後你就於此終身
可愛的基輔呀！隨身攜帶我的心靈，
我的思想和感覺
我的想像和感情。

  * 霍維拉山（Mt. Hoverla），烏克蘭最高峰，標高 2,061 公尺。
 ** 德涅斯特河（Dniester），是東歐的河流，起源於烏克蘭喀爾巴阡山脈，全長 1,362 公里，注入黑海。

寒冬烏克蘭的知更鳥
A Robin in A Wintry Ukraine

寒冬的烏克蘭
知更鳥歌聲
籠罩丘陵和山谷

棲息在
粉紅色的罌粟花上
紅色的罌粟花上

在槍火中倒下的人回來啦
讓更多的罌粟生長
並且開花

小小知更鳥
拔掉從烏克蘭寺廟
帶出來的一根刺
以減輕痛苦

（肯亞）克利斯多福・歐肯姆瓦

重生啦
好運氣的植物
開始生長並綻放
新的開始

老禿鷹
Old Buzzards

有寬闊翅膀
擴張的圓尾巴
隨空氣上升飄浮
環繞基輔
高高的天空
不是諷刺禿鷹的存在嗎?
或者,是否象徵重生?
那麼,我們是不是要
把自己釋放到風中
與禿鷹同飛?

他們鼻孔大張
聞到牛糞、蚱蜢
和死蛇的味道
鉤喙大張
看到小蟲
死臭鼬和小雞

(肯亞)克利斯多福・歐肯姆瓦

禿鷹猛撲
發出猛禽戰鬥機
蘇-27、30、32、35、
機關槍響聲
炸彈煙霧,火箭塵屑
聽到下面哀嚎和尖叫聲

吃夠屍體
飽足
飛不起來
有一部分喪生
莫斯科呀
重複
餵養烏克蘭飢餓兒童
用他們自己的血肉

有笨拙的大翅膀
把自己提升
撒尿在他們汙穢手上
清洗基輔哭泣孩童
中邪的咒語。

（肯亞）拉斐爾・基惕
Raphael Kieti, Kenya

　　拉斐爾・基惕（Raphael Kieti），東南肯亞大學環境管理碩士。擔任該校社會學、人類學與社區發展系兼課講師。現住在馬瓜尼郡沃特鎮（Wote, Makueni County）。詩〈癲癇與哀嘆〉（"Seizure and Lament"）被克利斯多福・歐肯姆瓦（Christopher Okemwa）編選入《烏班圖的歌舞藝人：非洲當代詩選》（*The Griots of Ubuntu: An Anthology of Contemporary Poetry from Africa*）。

世界和平：烏克蘭在洪水中流血
World Peace: Ukraine Bleeds in a Deluge

世界和平是誤稱
頂多是模模糊糊通告；
這些垂死孩子們悲傷的聲音
認真責備我們，
視我們比
野獸還要可惡。
我們的心為那些在赫爾松、馬里烏波爾
哈爾科夫、基輔和利沃夫的廢墟中
或為沉醉在昔日舊夢中的
瘋子要膨脹自我所精心策劃的
任何其他瘋狂劇院內
埋葬掉的人哭泣

烏克蘭呀！
我為受苦的人哭泣，
因殘暴飛彈和炸彈

你們的城市已成廢墟
完全夷為平地；
我為弱者哭泣，他們對
發動戰爭毫無所悉……
我憐憫無辜心靈
在頹廢中遭到抹消
世紀的病態笑話。

你的孩子躺死在街上；
孕婦被雷擊結束……
炸彈炸毀醫院屋頂和牆壁
多麼可恥，該用什麼名稱才適合
這卑鄙的大屠殺？

在同此時間——
我們被控告有罪，
我們恬不知恥享受全球美好
肆無忌憚的外交——
昏昏欲睡和愚笨空洞的承諾，
誇張呀！安逸中改善——
小心謹慎、長期緩和關係；
這是世界的
一場災難

在教唆這些暴行。
世界和平
是難以表露的寶藏——
受壓搾的寶石愛惜者
代價高昂的口惠。
這是一匹死馬
被遺棄在流沙上
頂多會在地震災變
裂開的夢中相遇。

這詞彙妨礙有價值人性的
道德水晶體——
世界領導人
在同行尊重的陰霾中
躍出——
他們的軟手套
在興奮的無政府狀態中絕種。

誰的聲音可以拯救烏克蘭？
似乎我們能做的一切
是在堆積如山的軍火庫
大規模殺傷性武器
還有無緣無故戰爭的腐敗中——
投入無止盡的閒談私話。

烏克蘭
Ukraine

處罰我們的頭和心——
殘酷詈罵的委婉說法;
主權被漠視,冗長
瘋狂斥責,烏克蘭勉強
在迷霧中溶解掉
有如我們冷淡擁抱⋯⋯
母親們在大屠殺的
廣闊劇場中受苦,兒童們悲痛,
他們的歲月在閃電戰中縮短
在他們雄辯人生夢想
破滅中的平民跳蚤
被剝奪掉和平與和諧;
然而我們只是提供測量的
同理心,象徵性團結
並在扭曲的世界秩序中——
壓抑情緒的責難。

（肯亞）肯尼斯・基貝特・切魯伊約特
Kenneth Kibet Cheruiyot, Kenya

　　肯尼斯・基貝特・切魯伊約特（Kenneth Kibet Cheruiyot），是出身於肯亞莫洛（Molo）的年輕詩人。剛從喬莫肯雅塔（Jomo Kenyatta）農業技術大學畢業，獲生物技術學士學位。從高中開始喜愛詩，常寫短詩參加比賽。尚未出版詩集。

俄烏戰爭
Russo-Ukrainian War

最近,
一聽到烏克蘭,
恐懼隨偏頭痛沛然雨下,

有人拼寫俄羅斯時,
思想凍結在輪盤賭失憶症講述的故事中,
兩國因激烈戰爭而針鋒相對,

基輔的天空不再有和平,
在莫斯科綠樹成蔭的郊區
也體驗不到和諧日出,

兩國邊境是熱戰地區,
寧靜不再受到鍾情,
而是脆弱的討厭獎牌,

(肯亞)肯尼斯・基貝特・切魯伊約特

事實證明，早晨原來利用匕首飛彈服務，
下午太陽不再達到最高點，
但無人機在恐嚇復仇中籠罩天際線，

莫斯科日落不再親吻基輔地平線，
馬里烏波爾和喀山都沒有後悔，
憤怒似乎超出華氏溫度表數值範圍，

和平應該在烏克蘭天空中迴響，
寧靜應該航行在俄羅斯公海，

願和平的晨旭照耀烏克蘭霍維拉山*巔峰，
日落輕撫拉赫塔中心**的尖頂，
掌握永久和平的中央支柱。

> * 霍維拉山（Mount Hoverla），是喀爾巴阡山脈（Carpathian Mountains）的山峰，烏克蘭全國最高巔峰，海拔 2,061 公尺。
> ** 拉赫塔中心（Lakhta Center），建築高度 463 公尺，2015 年完工，是俄羅斯和歐洲最高摩天大樓。

俄羅斯飛彈，烏克蘭步槍
Russia's Missile, Ukraine's Rifle

俄羅斯在惹人注目，
烏克蘭在流血，
烏克蘭人在哭泣
但全世界都在觀看……

還要多久和平會被剝奪，
寧靜會受到危害？
無辜公民會受到影響，
天真孩童會受到創傷，

俄羅斯人不再談論和平，
口中只說復仇和攻擊的中間值，
烏克蘭人請求協助，
夜裡卻滿心得過且過，

（肯亞）肯尼斯・基貝特・切魯伊約特

基輔天空布滿無人機,
現在到處都是戰區,
誰會在天空滿布和諧,
不是譜交響樂,就是呈無政府狀態,

烏克蘭需要救世主,
否則戰爭會有臭味,
讓和平芳香灑滿天空,
我們需要團結來建立友情。

(摩洛哥)蒙西夫・貝魯阿爾
Monsif Beroual, Morocco

　　蒙西夫・貝魯阿爾（Monsif Beroual），1994年出生於摩洛哥米德爾特市（Midelt）。摩洛哥塔札市（Taza City）的西迪・穆罕默德・本・阿卜杜拉赫（Sidi Mohammed Ben Abdlalah）大學公法系畢業，獲塔札市立大學戰略碩士學位，現為博士生。國際著名詩人，獲多項詩獎，包括2016年加納PENTASI B全盤勵志詩人獎、2017年義大利拉巴特市（Rabat）聶魯達獎章、2017年印度PENTASI B春之火炬詩獎、2020／2021年地中海詩獎。詩被翻譯成西班牙文、法文、華文、波蘭文、阿拉伯文、羅馬尼亞文、保加利亞文、孟加拉文、塞爾維亞文、克羅埃西亞文、義大利文、台文。

人性佔優勢,不是戰爭
Humanity Prevails not Wars

全球各地軍事力量
教我如何成為
準備出征的軍人
漫長夜晚
寒冷白天
一挺機關槍,等待敵人
為了莫名戰役
總有一天會到來的戰鬥
等待雙方的是戰爭的損失
我肩上扛著步槍
準備射出子彈
第一顆子彈殺死我的人性
第二顆殺死我人生的根基
我周圍沒有敵人
只是毒話控制著我
先生,抱歉,我槍還沒準備好
因為在地球上,沒有敵人
只有一個家族

型塑成不同膚色
有不同信仰
分成不同民族
只有愛才能佔優勢
有一天擁抱一切,而非戰爭

(摩洛哥)蒙西夫・貝魯阿爾

描述戰爭
Describe the War

是有希望還是只有破碎的夢想
有沒有好玩日子的聲音？
一起玩遊戲
聽見孩子微笑細語
母親的擁抱療癒一切
我無法播放〈後望〉那首歌
提醒我面對戰爭的損失
空中的灰塵
淌血歌聲在孩子破碎記憶中保存
血腥日子寫下的希望歌詞
一心但願和平能夠獲勝
當什麼都沒有佔優勢時
只有槍聲
戰爭低語傳入我耳中
我無法描述戰爭的場景
因為我未參與過那個場景
我嘗試寫千封信
來描述戰爭

喚醒這個自私的世界
以及死去的心
願有一天和平會佔優勢,而非戰爭

(摩洛哥)蒙西夫・貝魯阿爾

人性之心
Humanity Heart

忘記道路盡頭的

標誌

我們被皮膚和鮮血庇護

頭頂是同樣的天空

腳下有同樣的種籽和灰塵

每個角落都有許多土地、鄉鎮、城市和州邦

過去人類體內帶有許多標誌

有標誌歷史但背後沒有人性倖存

為戰爭奔走

我們最偉大的人物帶一把殺人槍

新型飛彈可以飛行數英里

去殺死一位朋友

去摧毀一處房屋

讓別人受苦

苦於損失

一位絕佳父親

一位甜美孩子

還有可愛的母親

唉，他們已忘記往昔
過去的事依然讓我們傷心
造成我們失去很多朋友
今天是現在，明天是未來
過去是在提醒
我們失敗於作為人類
作為一個家庭，大家庭
分裂成民族
……忘掉標誌吧
而告訴我
我是誰？
還有你是誰
同樣人類被皮膚庇護
人性潛入我們的血管內
擊敗我們內心
告訴後代
我們同樣是人
可以在一起，可以存活。

（摩洛哥）蒙西夫・貝魯阿爾

（尼泊爾）克沙布・西格德爾
Keshab Sigdel, Nepal

　　克沙布・西格德爾（Keshab Sigdel），1979 年出生於尼泊爾巴迪亞（Bardiya）。已出版兩本詩集《時間扭曲》（*Samaya Bighatan*, 2007）和《太陽顏色》（*Color of the Sun*, 2017）。編輯《瘋狂：世界詩選》（*Madness: An Anthology of World Poetry*, 2023）和《當代尼泊爾詩選》（*An Anthology of Contemporary Nepali Poetry*, 2016）。世界詩運動（World Poetry Movement）國際協調委員會委員，亞太作家和翻譯家協會會員。榮獲尼泊爾文化部 Bhanubhakta 文學金牌獎（2014年），和國家青年基金會青年莫蒂（Moti）文學獎（2018年）。目前執教於特里布萬（Tribhuvan）大學詩和文化研究所。

問題 *Question*
──（紀念俄烏戰爭受害者）

冬雨停止後
天空因太陽升起而發光。
農夫看到
田園和植物都暖和啦
也發現泥土氣味令人陶醉，
他體驗到內心幸福。

他記得女兒說的是「金鈕扣」
他看過田埂上長出六神花
不由自主在微笑
他清理被時間掩埋的運河
使其暢流。
他抵擋不住童年的記憶
任野豌豆雜草叢生
長得很茂密。

太陽熱氣上升到極限時
汗水流到耳朵後面

他一再擦拭
拿著毛巾,不厭其煩,
他寧願高舉卡魯瓦[*],
張嘴,朝天,
灌水解渴。

第一滴水未達喉嚨
他就看到天空籠罩煙霧
有鳥般的實物
胡亂跌落在田埂附近
被一團煙霧窒息啦。
他懷疑自己所見
就用卡魯瓦的水擦拭熱辣辣眼睛
然後他睞著眼透視煙霧
只見自己幸福崩解啦。

是誰,無緣無故,
用自私的飛彈轟炸天空
讓野豌豆和金鈕扣
起火燃燒
毀滅掉希望,
也拆散生命的旋律?

[*] 卡魯瓦(karuwa)是帶有噴嘴的窄頸寬體黃銅水壺。

(奈及利亞)伊分尼諸庫・翁巫佳魯
Ifeanychukwu Onwughalu, Nigeria

伊分尼諸庫・翁巫佳魯(Ifeanychukwu Onwughalu),1973年出生,是奈及利亞阿南布拉州(Anambra)伊德米利(Idemili)南地方政府區奧喬托(Ojoto)的土著。已故傳奇詩人克里斯多福・伊費坎杜・奧奇博(Christopher Ifekandu Okigbo)的侄子。伊分尼諸庫藉詩表達人生觀,獲得克里斯多福・伊費坎杜・奧基博,尤其是已故諾貝爾獎得主德國猶太裔沙克絲(Nelly Sachs)等人的啟示。他畢業於喬斯(Jos)大學,獲英語學士學位,以及卡拉巴爾(Calabar)大學管理後學士文憑和企業管理碩士學位。

求救：馬里烏波爾
SOS: Mariupol

聽說你快餓癟啦
有人說你虛弱到哭不出聲音
你的臉乾澀到笑不出來
你的腳無力到跑不掉

我看到你的房子被轟炸
濃煙遮蔽你的藍天
我確信你的太陽不情願照耀
連你的月亮都羞於發光

你從巴比倫獲得提示
卡爾繆斯河*如今合唱悲情故事
在亞速營**腳下哀號
肥沃土地上找不到一粒穀物

我親密的馬里烏波爾呀
盡量再撐一天
我大軍裝備將到達
救援和鴿子與我同在
解放你脫離圍困

* 卡爾繆斯河（Kalmius），烏克蘭頓涅茨克州（Donetsk）的一條河流，河口就在馬里烏波爾。
** 亞速營（Azov），是烏克蘭國民警衛隊的一支單位，駐紮在亞速海沿岸馬里烏波爾市，2022年2月24日俄烏戰爭全面爆發初期，即投入保衛該市的戰鬥當中。

哭吧,我心愛的基輔
Cry, My Beloved Kyiv

帶回藍天
遭到血腥戰爭肆虐
顏色變紅

帶回燦爛陽光
因貪婪無厭的疲憊羽飾
而顯得蒼白

那麼我心與你心相遇
在旁邊爭吵
分道揚鑣

那麼我們孩子可在冬季手中
和陽光陰霾下玩耍
忘了化裝舞會
幽靈在後面操縱

那麼我們可以顯示
我們之美
公平又公正
在我們以前的安全街道上

啊！告訴我這是夢
我們在另一個世界醒來
另一個現實比基輔山丘上修補的
夢還要真實

就像另一種未經歷過的生活
我們隨巴比倫河流傷心人
陌生的歌曲起舞

就像在烏克蘭南部平原
白色種馬四處踏步行走

石頭會指引我們從城市到海之路嗎
並低聲祕密宣布我們的
信條
讓魚群和諧相處
並在和平的美妙路線上
恢復我們的現實

（奈及利亞）伊分尼諸庫・翁巫佳魯

(奈及利亞) 阿約‧阿約拉－阿瑪雷
Ayo Ayoola-Amale, Nigeria

　　阿約‧阿約拉－阿瑪雷（Ayo Ayoola-Amale），是黎明光輝（Splendors of Dawn）詩基金會創始人兼會長，有和平主義詩人稱號，公認為積極推動社會改革的詩人。詩歌頌人性、非洲、自然的本質，和我們如何共存。詩大部分涉及面對暴力、種族主義和人類社會崩潰問題。作品往往運用藝術形式，追求建立和平、發展攸關經濟和進步社會改革議題的新思惟，包含詩和藝術作為轉型載具，以創造系統性漸進變化。她發起「和平畫布」的故事詩藝術展覽，以她的詩、藝術作品和攝影展示為特色的繪畫。近作針對性別暴力、腐敗、裁軍和殺手機器人。

烏克蘭
Ukraine

在烏克蘭，天空受到
各團騷動夾擊，
搶劫各地；惡氣
酸臭，大膽呼嘯，凌空
下方砲火猛烈轟響。
暴力撒旦邪教的噪音，呼喊
侵略，核武的巨大憤怒，
水井遍紅，在屠殺中淹沒
臉像被餓獅追逐的羚羊
有流氓，也有野鼠
麻煩來啦
聚結在頓巴斯*要摧毀
亞速海附近的草原城市別爾江斯克**
侵略者的信念是毀滅人性，養成
馬里烏波爾***的英雄，呼吸晨曦若晚霞。
發誓捍衛烏克蘭的榮耀，
他們的祖國和尊嚴──
亞速團真正英雄主義的戰士。

（奈及利亞）阿約・阿約拉－阿瑪雷

亞速團喚起至高真理，
堅強的烏克蘭精神不會被熾熱核武動搖
高呼「我們是烏克蘭人。我們保衛烏克蘭。」

      * 頓巴斯（Donbas），在烏克蘭東部。
    ** 別爾江斯克（Berdyansk），位於烏克蘭東南部，被俄軍佔領過。
 *** 馬里烏波爾（Mariupol）在頓涅茨克州（Donetsk）南部，瀕臨亞速海。

暴力軍團
Legions of Violence

滾滾大鍋中的祖國,
聲音沙啞,軟弱哭泣,變酸啦。
祖國被疲於奔命的歹徒大火吞噬
不是心靈的財富,
不是健康的財富,
不是心的平靜。
慟哭彈殼的瘋狂合唱團;
在浸滿鮮血的熱戰壕中絕望失去生命,
我知道生命無關緊要,這些都無所謂,
無一交戰幫派友情觸發造成任何人強大,任何人。
罌粟花成長時,無人獲勝。無人贏。無人贏。無人。
非俄羅斯。非烏克蘭,但人生瞬間就像:
蟋蟀合唱團正在合唱。戰爭並非湯姆遇到新朋友。
當哈利在滿屋子漏出氣體點燃蠟燭時,
就會發生戰爭。軍團在心靈中劇痛。
喧囂中的美麗荒涼
就像胎記,不像樹林裡的獨角獸。

(奈及利亞)阿約・阿約拉－阿瑪雷

(波蘭）伊麗莎・塞吉特
Eliza Segiet, Poland

　　伊麗莎・塞吉特（Eliza Segiet），雅蓋隆（Jagiellonian）大學畢業，獲哲學碩士學位。榮獲2018年全球文學守護獎，2020年納吉・納曼（Naji Naaman）文學獎、國際希望典範獎、巴列霍世界文學卓越獎，2021年世界特別評審Sahitto國際獎、Premiul Fănuş Neagu 獎，2022年泰戈爾獎。出版詩集包括《自我羅曼史》（*Romans z sobą*）、《心理幻象》（*Myślne miraże*）、《多雲》（*Chmurność*）、《磁性》（*Magnetyczni*）、《不成對》（*Nieparzyści*）、《更多》（*Bardziej być*）等。

規則
The Rules

可能不容易
消除有關下列偏見：
——國族，
——不同膚色，或者
——與自己不同的信仰。

可能不容易，
——以灌輸原則為名——
避免仇恨
或堅持執行死刑，
因為有人告訴你要執行
或因為我們自己認為
我們有權利成為受害的
先驅。

（波蘭）伊麗莎・塞吉特

這值得
思考無價值行為
背後的意義；
去創造自己
愛與寬容，
以善取代惡。
這遠勝於扣扳機
或毀滅一個人。

黑暗
Darkness

在那裡，
孩子們躲避
仇恨攻擊
代替玩捉迷藏的地方

品味正在失去
彩色童年。
呼籲幫助，
聞所未聞的
理解和正常狀態。

沉默的血
不鼓舞憐憫，
雖然以廢墟為背景
其獨特色彩
理應叫喊：

每人只有
單程進入黑暗的行程。

（波蘭）伊麗莎・塞吉特

（俄羅斯）艾琳娜・柯多娃
Irina Kotova, Russia

　　艾琳娜・柯多娃（Irina Kotova），詩人、散文家和論文作家。出生於俄羅斯南部城市沃羅涅日（Voronezh），擁有沃羅涅日國立醫學院和莫斯科文學研究院學位。得過兩項文學獎，出版四本詩集。詩已翻譯成義大利文、羅馬尼亞文、希臘文、葡萄牙文。英文譯本見《完美真空》（*A Perfect Vacuum*），和選集《我們失算：八位俄國詩人》（*This Is Us Losing Count: Eight Russian Poets*, 2022）。

現在
Now

雪像乳牙隨便長
母親拆下白色窗簾
遮蓋大砲、車輛、士兵
去年砍倒的山梨樹
用漿果敲打玻璃板

我的脊椎聽到暗語
流傳的黑話暗語
我的心浸潤黑色土地
黑色土地的黑色土壤
咀嚼雪、血和窗簾的
新年廢話
死亡有向日葵田園的韻律

（俄羅斯）艾琳娜・柯多娃

宇宙吐出迷濛噴霧劑
濺到暗淡路燈上
太多無牌照的伏特加酒
在窗戶的縫隙裡
太多無意義的意義

聖誕時節的紳士們，被拔毛
就像沙皇餐桌上的鵝
躺平焦黃、烤熟的身體
隨扈憂心慌張
到底誰偏嗜翅膀
誰喜愛白肉
太平間蝙蝠日夜閃光
沒有歇息
準備大吃一頓，狼吞、虎嚥
女人倒掉討厭的酸辣空無
噴到雪地上
未誕生的
乳牙上

平底船
Punt Boat

我們討論抗憂鬱藥
你看,醫生──她說──
他們沒有為我做任何事
我已經試過三位
只是流淚,終於死亡
無論我去哪裡
不管我怎麼想──終於死亡
你認為這與戰爭有關嗎?
也許──擔心你的孩子嗎?
戰爭跟這有何關係──她動怒──
我連想都沒想
一個月後我要做腹部除皺手術
已經太瘦
停止服用藥丸
不要感到急躁
好好生活
你看

(俄羅斯)艾琳娜・柯多娃

我只需要一個肚子
平坦的肚子

在那肚子裡
她兩度懷砲灰到足月
肌肉鬆弛、下垂
那個砲灰
讓她無法休息
她看到肉櫃旁邊有斑點
恐懼凍結胃裡的脂肪
尋找出路
這就是為什麼
她必須改變身體
歷盡艱辛
肚子扁平像木板，像平底船──
戴著角盔的野蠻人跳上船
在狹窄的林中河流航行
撞上海岸
沉醉於勝利
他們正在征服新的土地
他們認為，是為子孫後代
而她──
至善至美
且無時無刻──無助

帶著你的新肚子回來見我——
我答覆
用力拉伸我的嘴唇
拉出微笑

（俄羅斯）亞列克謝‧波爾溫
Aleksey Porvin, Russia

　　亞列克謝‧波爾溫（Aleksey Porvin），俄羅斯詩人，1982 年出生。英譯詩發表在《今日世界文學》（*World Literature Today*）、《密碼》（*Cyphers*）、《聖彼得堡評論》（*Saint-Petersburg Review*）、《新馬德里》（*New Madrid*）、《新形式主義者》（*The New Formalist*）等。已出版五本俄語詩集，《黑暗是白色》（2009 年）、《詩集》（2011 年）、《船舶詳細肋骨的太陽》（2013 年）、《定址詩，定義詩》（2017 年）和《我們的快樂塞西爾》（2023 年）。第一本英譯詩集為《靠火生存》（*Live By Fire*, 2011）。詩入圍安德烈‧別雷獎（Andrey Bely Prize, 2011 年和 2014 年），獲俄羅斯新秀獎（2012 年）。

鋸屑頌
Ode to Sawdust

良心會崩潰成

極其微細碎片嗎?非暴力可以

像樹躺在鋸下方嗎?是的,

如果他們知道的話,就會重新長成單一整體。

歌唱鋪蓋審訊室地板的木屑

歌唱最小刮鬍聲;

以鋒利刀緣,模仿

木匠刨削所造成。

歌頌皮膚下方的碎屑,

監獄和火車站沉悶的空氣,

向所有其他木工細技末節致敬

風揚起高過旗幟。

俄羅斯森林變成烏克蘭森林,

不是在地上,而是在人們談話中;

俄羅斯森林變成粉碎

但願只變成鋸屑並吸收所賦予的一切。

只有變成刨花,只有像鋸屑那樣躺在

人體下方,有可能吸收他們的汗水,他們的話,

他們的絕望和希望──只有浸染到這一切
是否可能堅定在一起,再次長成樹幹。
歌唱這一切的人聽到自己內心的沙沙聲
因潮溼而腫脹的東西現在又復活啦
而長期隱藏在體內的鹽
與「放下武器」字詞已經難分難解。

直到絲線燒光
Until the Threads Burn to Ash

在孤兒院童年,我們會打枕頭仗
有時還會把拼綴毯子扭成巨型棍棒
猛擊對方頭頂或接招別人攻擊的毯子
捲成伸縮警棍,沒有鏡頭,我們可以瞇眼看
當我們努力辨別孤兒院病人體溫時
昏昏欲睡的星星,吸引我們所有注意力
在那個天體的適婚線上
(她生葵花籽吃太多,都快要吐到
國產床單
或她蓋的任何物件上,儘管她還不知道)
但男孩更關心要打敗其他男孩
許多人的慾望種籽被家庭、
學校、國家燒掉啦
有一位閉上眼睛,再睜眼時,看到
一個廢物拼湊的國家擊敗另一個類似國家,
被恐懼扭成一團,就像藍圖
受到突然不可能建立新現實結構
所衝擊而模糊不清

(俄羅斯)亞列克謝・波爾溫

三十年的人生哪裡去啦？虛無飄渺，
似乎一切都沒有改變
那些歲月去向虛無
也沒有時間研究天文學

***

替我做決定，制定我的計劃，
將你的視覺、聽覺、正義感植入我體內，
陳舊落伍有如
手持突擊步槍，用嘴
為侵略辯護，宣揚霸權
將一些廢物堆在其他廢物上，直到燒光
是該談談那位烏克蘭老婦人啦
她提供生葵花籽給俄羅斯士兵
為什麼要生的？「你死的時候，向日葵
會從你身上長出來，至少會展現一些東西……」
拼綴抓鉤，會保持織品緊湊
但毯子會隨著每次打擊而撕裂
也不知道那些廢物會掉到哪裡去
我們該如何將快樂與悲傷縫合在一起？
沒關係，工頭還是會在國家電視台上大罵

（蘇格蘭）凱・黎琪
Kay Ritchie, Scotland

　　凱・黎琪（Kay Ritchie），在格拉斯哥（Glasgow）和愛丁堡長大，住過西班牙、倫敦和葡萄牙。曾擔任自由攝影師和廣播製作人。2014 年在豪華船上生活，出版許多小冊子、雜誌、選集和口袋書，包括《蘇格蘭新寫作》、《蘇格蘭作家中心》、《蘇格蘭圖書信託基金》等等。詩選入《瓊厄德利百年紀念珍藏》（*The Joan Eardley Centenary Collection*），黑泉出版集團《烏克蘭選集》等。榮獲許多詩獎，詩獲選珍藏於蘇格蘭和愛爾蘭的檔案館。參加過各種表演活動。

出埃及記
Exodus

不斷上漲的車潮沖垮這
高速公路——人即隨波逐流,

浮在風雨飄搖的海中,
有公車,破損廢棄的汽車和坦克。

路障。交通阻塞。
帶著他們的狗,他們的貓,他們的孩子,

他們向西前進,像朝聖者尋找加利利
落後時——生命、親人、夢想等等

大膽的箭頭,紅如血,標誌通往
避難所、掩體、停車場、地鐵等等

金色和藍色的旗幟飄揚,
乞求和平,曾經意味

金色田園和清淨藍天
但如今標誌「禁止通行」。

還有吹哨聲和夜間攻擊
從上方突襲他們,

下面是地窖,成排鋪位,
他們塞在裡面,包裹掛在鉤上。

因為黑夜佔據烏克蘭白天
他們就陷在裡面。

(蘇格蘭)凱・黎琪

蹂躪
Ravaged

上方有大鳥不敢言勇
像禿鷹或像老鷹
早已飛過去
他們的歌不甜美

但那羞羞羞羞
以及森林裡
菇類和蛇草莓生長的地方
只是戰爭的傷痕

沒有高麗菜
他們的羅宋湯沒有甜菜頭
他們犁過的田地還沒有耕種
頑強的向日葵已被撕碎

藍色和黃色破布旗幟等等
公寓破爛不堪，搖搖晃晃等等
他們的悲傷就像鋸齒邊緣
破裂、碎裂

（獅子山）奧馬爾・法魯克・塞賽
Oumar Farouk Sesay, Sierra Leone

　　奧馬爾・法魯克・塞賽（Oumar Farouk Sesay），獅子山詩人、劇作家和小說家，作品入選各種選集，已被翻譯成德文和西班牙文。出版六本詩集、一本小說和一部戲劇。詩作在 90 年代摧毀獅子山的十年戰爭中引起注目，這場戰爭啟發轟動一時的電影《血鑽》（*Blood Diamond*）。現任國際筆會獅子山總會會長。

恥辱之子
Sons of Shame

戰後數十年,他們還在說恥辱
用受傷語氣表達尋求補救的痛苦
他的聲音說出比其他人更沉痛
朝天拱起,就像對神的絕望訴求
男高音發出裝飾穗狀花序的苦悶咆哮
清除感情崩潰,留在心靈中的戰事

聲音耙入心思土丘,根除怨恨
把雞姦的痛苦撒在心靈的土壤內
恥辱像毒氣窒息觀眾的呼吸
有罪不罰的侮辱挑戰法院裁決
法官做出判決要減輕殘殺痛苦之前
以鼓舞語氣配合他們痛苦程度
並鼓勵出聲談論雞姦的恥辱
使國家不再受到恥辱之子誹謗

原諒
Forgiveness

　　叛軍像風箏上的老鷹向我們俯衝
　　他們心智受傷、心靈被砍殺
　　撒旦塗鴉，紋身在
　　他們布滿子彈的身體上
　　出生赤裸
　　敢死隊
　　地獄獵犬
　　他們嗜血而來
　　還渴望更多
　　劈斷肢體
　　殺害無辜
　　剝奪尊嚴
　　但裁軍
　　和重整引起
　　淨化瘋狂

　　真相與和解介入這場爭奪
　　將喪失人性加以人性化

（獅子山）奧馬爾・法魯克・塞賽

受害者和惡棍被帶到純樸地方
遠離戰爭劇場
他們排列，傷口黏合
互相原諒戰爭中的惡棍
咬緊心靈屏住呼吸，原諒
我們戰爭的惡棍

是的，我們原諒你

我原諒你入侵鎮上那一天
從心靈到腳趾赤裸裸
用和你的心思一樣鈍的刺刀
和你的心靈一樣受到玷汙
你埋葬我母親的子宮
為贏得針對她子宮裡的我同胞性別賭注
但我不會忘記你埋葬她的子宮之後
拒絕給她建造墳墓

你砍掉我雙手時我還是幼兒
在短袖和長袖聯歡會
你把我的肢體放進裝滿斷頭肢體的袋子裡
蒼蠅歡呼慶祝人類愚蠢
我原諒你
但我不會忘記徒勞追隨你周圍

乞求歸還我的肢體
希望能再度生長

我原諒你那天來到我位於邦特*的島上家
把數百年的和平撕成粉碎
燒毀你嬰兒時期的學校
砍掉我兒子──你同學的頭
當作獎盃送給我
你要我跳舞慶祝我的悲劇
但我不會忘記唱歌諷刺
誇耀在你嬰兒時期我教導你對人類尊重

我原諒你焚毀我們的鄉鎮和學校
留下一個村莊，每天在我的心靈中焚燒
我記得在我酒椰葉草袋裡未完成的詩，任其燃燒
為了我們童年記憶的灰燼
那天你撒在我們校園
為此，我也原諒你

一月六日我六歲，當時你們六個人
懷著三重六心來到我們農莊
又姦、又搶、又殺、又燒
隨即把融化塑膠丟到我眼裡，使我失明
親歷你的邪惡，這一切，我原諒你

（獅子山）奧馬爾・法魯克・塞賽

但每當我因灼熱疼痛而尖叫時
不會忘記你的笑聲臭味

即使褻瀆父親的墳墓，我原諒你
即使排球比賽把我的孩子摔死，我原諒你
即使讓兒子參與對我輪姦，哈！
但我不會忘記你給我們蒙上恥辱枷鎖。

我原諒你那天掠奪我的童年
你把我們從操場連根拔起，給我們
毒品和槍枝殺害我們的父母
但我不會忘記你傷透我們的心
留下空虛永遠在我們成年時期迴響

一月六日，當你在村內廣場輪姦我
我在青春樂園裡已十六歲；
我身體被你淪為壕溝戰，
用你蒼老的工具挖掘我的運河
把你羞恥的種籽埋在我的子宮裡
我變成墳墓，帶著憂鬱的種籽
我的榮譽之血，你潑灑
就像在操場上撒尿
沒有Mayairatate歌曲
慶祝我的貞潔

沒有盛宴來紀念我的驕傲
沒有舞蹈來表達我的榮譽
沒有沾血跡的床單引以為我的驕傲
是的，我記得，你對我撒尿，對我吐口水
你的唾沫穿透我胸膛，玷汙我心靈
我原諒你
但我不會忘記你在我心靈的畫廊上
擺架子的恐怖面孔

以和解為名
我原諒你所有創傷
儘管我還在流血
我原諒你所有傷痕
儘管遮掩裂開的傷口
我原諒你讓我的心靈出血
儘管我帶著惡臭心靈在土地上行走
我原諒所有被微笑遮掩的皺眉
所有被憤怒主導的歡樂
所有被敲打到呻吟的歌謠
我原諒你
即使為了我心靈的歌聲，你沉默不語
我原諒你
即使為了我生命的韻律，你不合韻
我原諒你

〔獅子山〕奧馬爾・法魯克・塞賽

但我不會忘記傷痕、結痂

惡臭和傷口

激怒，憤怒

你讓我念你不忘，因為是同胞。

> *　邦特（Bonthe），在獅子山西南部，位於歇爾布羅島（Sherbro Island）東岸。

（瑞典）本特・伯格
Bengt Berg, Sweden

　　本特・伯格（Bengt Berg），1946 年出生於瑞典托斯比（Torsby）。已出版 40 多本書，主要是詩，譯成多種語言。2022 年出版詩集《在烏克蘭藍天下》（*Under the Blue Sky of Ukraine*），於此所選即出自該書。參加過世界各地詩歌節，包括哥倫比亞 Medellín、尼加拉瓜 Granada、馬其頓 Struga、斯洛伐克 Jan Smrek、印度 Kritya、羅馬尼亞 Târgul、孟加拉卡塔克（Kathak）國際詩高峰會、中國青海湖和成都、秘魯 LIMA、越南河內等。

字──戰爭
The Word – the War

這個字必須用隱形墨水寫,
甚至這個字也要查禁。

那麼我們陽痿該怎麼辦呢?

日常,平凡,不可避免。

今天已是第十天,戰爭依然按日數計算。
沒有時間去算死亡人數,數不清啦。

我們何時能夠清點死亡人數,沒有人知道,
不是我們想的今天。

像彈鋼琴手指快速飛旋從黑
到白到黑到白到黑。
我們必須希望依然活命
儘管戰爭揭開可怕的事實。

畢竟此番轟炸和殺戮
已在災區建立人道走廊。

戰爭首先傷亡的是真相,必須
用顯形墨水——用紅色,血的顏色寫。

大大小小
The Small, the Big

很高興認識你,
有鄰居閒聊真好
我們見面機會太少,
主要是出席喪禮
如今——

在稍大的脈絡中
各國以不同方式進行社交:
國際足球賽、邊境貿易、
太空探索、大型組織
要拯救世界。

在家庭聚會或地方政治中
說出來可能很敏感,
但沉默是銀,言語是金
對意見猶豫不決的人來說,
只剩下舌乾唇燥。

和平是戰爭的前提嗎
還是其他周邊方式?
無論如何,戰爭有助於
增加和平詩的
需要。

藍天下
又一天黎明跨越向日葵田園
和廢墟上方。

之後
After

戰鬥結束時,早晨
露珠已結在青草、煤煙和石頭上,
司令官可以俯瞰災情
並欣喜他的工作。

當陽光過濾柔光遍布在荒蕪的風景
司令官朝天舉起雙臂,彷彿在
指揮英雄勝利聖歌。
但,哎——只有沉默
此時此刻、在此狀態下可以回應。

那些本來想參加和平與人性
另一合唱團的人,
死在附近
前線階段的兩側。

(瑞典)本特‧奧‧比約克倫德
Bengt O Björklund, Sweden

　　本特‧奧‧比約克倫德（Bengt O Björklund），1949年出生。1970年在伊斯坦堡獄中寫出第一首詩。後來在電影《午夜快車》（*Midnight Express*）中扮演艾瑞克（Eric）。已出版九本詩集，其中五本瑞典文，四本英文。2018年被美國國家披頭詩基金會（National Beat Poetry Foundation）頒發披頭終身桂冠詩人。兼具藝術家、打擊樂手、攝影師和廚師身分。

我們時代的黑暗
The Dark of Our Time

我看到我們時代的黑暗
仇恨和暴政中的角色
虛假信仰的鐘聲敲響
像黑色淚水
在無知面前直流

我看到人民渴望血
嘲笑生活本身
只為了得分
當實在零分時
陰影聚攏
在升等儀式中
傾倒臭汙水

我看到歲月變髒
人向腐敗低頭
愛情垂死的回音
隨白天入夜而消失
冷漠是殺人機器

戰爭
War

老太太坐在窗邊
天空在旋轉
像床上垂死的士兵
隨著夜幕降臨
她的眼睛已哭腫

她還可以看到遠方
原始火焰撕裂在閃光
貫穿夜幕
粉碎她燃燒的記憶
臉部和身體部位
全部都在泥巴裡僵硬

廢墟中
只剩兩間房屋沒有倒塌
被飛彈和冷漠所拒
另一間房屋內

她的妹妹正在穿衣服
需要更多柴火

那天有一隻狗死啦
乾癟若滿身彈片的瘦鬼
在無頂教堂旁邊怪叫
孤單害怕被遺棄
雪開始下啦

（台灣）李魁賢
Lee Kuei-shien, Taiwan

　　李魁賢（1937-2025），1953 年開始發表詩作，曾任國家文化藝術基金會董事長、世界詩人運動組織副會長。已出版各種語文詩集 53 本，詩作在日本、韓國、加拿大、紐西蘭、荷蘭、南斯拉夫、羅馬尼亞、印度、希臘、立陶宛、美國、西班牙、巴西、蒙古、俄羅斯、古巴、智利、波蘭、尼加拉瓜、孟加拉、馬其頓、塞爾維亞、科索沃、土耳其、葡萄牙、馬來西亞、義大利、墨西哥、摩洛哥、哥倫比亞等國發表。英譯詩集有《愛是我的信仰》、《溫柔的美感》、《島與島之間》、《黃昏時刻》、《給智利的情詩 20 首》、《存在或不存在》、《彫塑詩集》、《感應》、《兩弦》、《日出日落》、《如河暢流》、《太陽之子》。除台灣外，榮獲印度、蒙古、韓國、孟加拉、馬其頓、秘魯、蒙特內哥羅（黑山）共和國、塞爾維亞等國詩獎。

烏克蘭向日葵
Sunflower in Ukraine

把向日葵種籽
放入征衣口袋裡
準備在戰場以肉身
化為塵土培養基
以鮮血灌溉
在烏克蘭主權國土上

牢記新婦叮嚀
要以新縫征衣見證
復員共同栽植
保護國花的品種
朝天空微笑
在烏克蘭自由國土上

落葉
Fallen Leaves

整排
小葉欖仁
一夜間
黃葉掉落滿地
遠方
突然傳來
飛彈轟炸的視訊
生命和黃葉一樣
橫陳大地
掃到壕溝內
草草掩埋

（台灣）林怡君
Lin Yi-Chun (Jean), Taiwan

　　林怡君，台北人，1973 年出生，美國愛荷華大學諮商師教育博士，現職淡江大學師培中心副教授兼主任，也是心理諮商師。高中時期開始創作，曾任板橋高中校刊總編，獲第四屆板青文藝獎新詩組第二名，作品曾發表於《北市青年》。中斷創作多年，經國際知名詩人李魁賢及多位詩友鼓勵後，於 2022 年《笠詩刊》七月號新秀出招發表包括〈烏克蘭〉、〈這不是歌頌春天的時候〉、〈淡水浪漫情調〉、〈淡水落雨〉等創作，參加 2022 年和 2023 年淡水福爾摩莎國際詩歌節，預計於 2024 年出版個人詩集，透過詩文創作分享對生命的熱愛和溫暖。

烏克蘭
Ukraine

藍色和黃色
是天空和向日葵的顏色
是自由和希望的顏色

藍色和黃色
是眼淚和泥土的顏色
砲彈落下的時候
鮮紅的血在胸口炸出一朵花
來不及說的
讓塵土與歷史為我吶喊

藍色和黃色
是沉默和背叛的顏色
盟邦的誓約
利益的算計
世界決定袖手旁觀
我只有為我的母親
我的孩子

（台灣）林怡君

我的愛人
擋下摧毀家園的坦克
變身殺人如麻的機器

藍色和黃色
是哀悼和思念的顏色
不知名的屍骨
曝曬在家鄉的田地裡
那是我的家人
信仰同一個神的手足
難道你不曾想起
我們曾唱著一樣的歌
尋著同一條河
來到這裡

（台灣）陳秀珍
Chen Hsiu-chen, Taiwan

　　陳秀珍，出版散文集《非日記》（2009 年），詩集《林中弦音》（2010 年）、《面具》（2016 年）、《不確定的風景》（2017 年）、《保證》（2017 年，漢英西三語）、《淡水詩情》（2018 年）、《骨折》（2018 年，台華雙語）、《親愛的聶魯達》（2020 年，漢英雙語）、《病毒無公休》（2021 年）、《遇到巴列霍》（2022 年）、《人間天國》（2022 年）、《房間》（2023 年）等。詩被譯成二十多種語言，入選數十種國際詩選集。參加孟加拉、馬其頓、秘魯、突尼西亞、智利、越南、羅馬尼亞、墨西哥等國際詩歌節，獲 2020 年黎巴嫩納吉・納曼文學獎（Lebanon Naji Naaman Literary Prizes 2020）等。

英雄
An Authentic Hero

他是喜劇演員
在他人編排的劇情中
角色扮演逼真成功

國家被入侵
他不接受敵人為他編好劇本演出
不按照他國善意劇本走
他堅持自己的良知
聽從全民的心聲
在無法彩排的人生舞台
他不舉白旗投降
不逃往國外尋求庇護

他時時向全球宣告

保家衛國的決心

在戰雲密布的首都基輔

砲聲隆隆的街頭

他面向敵軍而不背對烽火

在舉世公認的悲劇中

努力贏得勝利結局

他扮演真正英雄的角色[*]

[*] 他是烏克蘭總統澤倫斯基。

戰爭並不遙遠
War is Not Far Away

戰爭並不遙遠
獵人舉槍瞄準獵物
在獵物安逸的生活中
在獵物沉睡中

當敵人把你看成一片蛋糕
你得向全世界證明
你是一把硬骨頭

當敵人把你看成一隻小白兔
你得向全世界證明
你是一隻大刺蝟

當敵人把你看成一枚雞蛋
你得向全世界證明
你是一顆大石頭

頑強的抗敵意志
是從未被淘汰的武器
當你武裝好自己
全世界都會站在你身邊

狂人 1
The Madman 1

砲火
是狂人點燃的煙火
慶祝打開地獄的大門

砲聲
是狂人的掌聲
手中的槍枝
射出子彈的黑雨

砲彈
炸出鮮血
是狂人摘來的紅玫瑰
要獻祭春天

人民
暴發出的哀號
是狂人演出的交響樂
蓋過一切風聲鳥聲

戰車
是狂人擁有的玩具
組成一條大蟒蛇
威武蟠踞大地

戰爭
是狂人發動
毀滅世界的遊戲

(台灣)陳明克
Chen Ming-keh, Taiwan

　　陳明克(Chen Ming-keh),1956年生,清華大學物理博士,任中興大學物理系教授,直至退休。1987年加入笠詩社,歷任《笠》編輯委員,歷任、現任社務委員。台文戰線社員。詩屢入選年度詩選。已出版《輸送帶》、《茫霧中ê火車》(台語)等12本詩集,一本詩選集,雙語詩選集兩本(一華英,一華西),中短篇小說集兩本。獲2001年第五屆台灣文學獎、2007年教育部文藝創作獎特優等九項文學獎。

爬到頂端的人
Top Climber

天空的晚霞
快消失了

快步爬到
步道頂端的人
只要往上一躍
就可以跳到晚霞

為眾人控訴
發動侵略戰爭
瘋狂想要
奴役他人的人魔

卻望著地面
想聽清楚
人魔要給他什麼？

（台灣）陳明克

晚霞又在
無聲的嘆息中
消散

搶奪春天
Robbing the Spring

春天是誰的?

俄羅斯的戰車
侵入烏克蘭
輾碎春田
為搶奪春天

那個人揉著眼睛
注視著
觀察怎樣入侵
能奪取台灣之春

我經過春田
低頭啄食的水鳥
突然奔竄
激起一行行水花
牠們嬉戲?驅逐?

(台灣)陳明克

一下子就停下來
各自遠遠站著
哪一隻水鳥
能搶到春天?
獨佔春天?

（台灣）謝碧修
Hsieh Pi-hsiu, Taiwan

　　謝碧修（Hsieh Pi-hsiu），筆名畢修，台南市七股區人，現居高雄。國立空中大學社會科學系畢業。2006年自銀行退休後，從事社會服務工作。曾獲山水詩獎（1978年）、黑暗之光文學獎新詩組佳作（2003年）。笠詩社同仁、台灣現代詩協會會員，世界詩人運動組織會員。著有詩集《謝碧修詩集》（2007年）和《生活中的火金星》（2016年）、漢英西三語詩集《圓的流動》（2020年）和台語詩集《唸予阿母聽的詩》（2023年）。參加2014年古巴國際詩歌節、2016~2023年淡水福爾摩莎國際詩歌節、2023年高雄世界詩歌節。

自由的天空
A Free Sky

　　人民廣場
　　烏克蘭的國歌響起
　　「絕不允許敵人控制我們的土地
　　　獻出靈魂與肉體
　　　為了得到我們的自由
　　　……………………」
　　歌聲振奮每個人民的心
　　潤溼全球柔軟的眼

　　百萬的婦孺老幼逃離家鄉
　　為保留「自由戰士」的命脈
　　人道走廊獨行的小男孩
　　機場緊抓媽媽衣角的小女孩
　　他們知道
　　她們知道
　　勇敢的戰士仍留守國土
　　保衛自由的天空

讓我們發出朝陽的光
將黑暗的露珠蒸發

烏克蘭的國歌再度響起
我有絲絲的哀傷
如果有那一天
我們的歌在哪裡？

廣場上 *109* 空嬰兒推車
109 Empty Baby Strollers in the Square

曾經貼著甜睡的臉頰
曾經搖晃響亮的哭聲
曾經睜著好奇的眼光
曾經瞪著敏捷的貓狗
曾經對著來往的人微笑
曾經裝滿父母的期待

突來的戰火
帶走這……一切
空氣中瀰漫著
哀傷
控訴

（台灣）羅得彰
Te-chang Mike Lo, Taiwan

　　羅得彰（Te-chang Mike Lo），1978 年出生於台灣。小時候隨家人移民到南非居住 25 年多，並獲得分子醫學博士。回台尋找他的台灣性後，經過一連串的機緣巧合，讓他的職涯轉向口筆譯／教學和寫作，開始定期在笠詩刊發表詩作與翻譯非洲詩選，於 2023 年出版第一本詩選《台灣日‧南非夜》，在淡水福爾摩莎國際詩歌節參加新書發表會。目前居住淡水，並再次踏上英語研究所的路程，致力於進一步提高自己的寫作技巧。

藍與金
Blue and gold

藍色的天空
金色的田野
被灰色的煙霧汙染了
溪流似的坦克
士兵
還有飛彈
從來不是好的消息
催生他們自己
和那些被認為是
他們的兄弟姐妹和表堂兄弟姐妹之死

不公正和損失的溪流
在線上洪流直播
用鮮血和宣傳
為歐洲的麵包籃澆水
現在一個破碎的篩子試圖保留
和平的碎片
麥浪淒涼地

與藍色的低語溪流
還有金色的太平日子告別
但它知道一旦贏得獨立
再也不會被踐踏
在騎馬獨裁者的蹄下

(坦尚尼亞)安德里亞・明加
Andrea Myinga, Tanzania

　　安德里亞・明加(Andrea Myinga),坦尚尼亞人,目前居住在瑞士日內瓦。詩發表在《非洲太空作家》(The Writers Space Africa)、《卡拉哈里評論》(Kalahari Review)、《文學場》(Literary Yard)、《全詩》(Allpoetry)、《詩意非洲》(Poetic Africa)和《烏班圖歌舞藝人》(The Griots of Ubuntu)選集等。有一些詩出現在他臉書帳戶的平面設計上。

槍口爆震
Muzzle Blast

生命按照指示呼叫血液
濺出去後
不會變成鋪地的紅地毯
為退休者舉辦遊行
一旦失去生命的代價
隨槍口爆震和閃光
迴聲與破碎聲
行經一段被廢墟擋住的距離
因為很少有石頭留在其他石頭上
攪動,擴散到可以眼見
碎片粒徑是否很小
安然躲過狼群
揮舞毛茸茸的尾巴
照常挺立
開口獻上玫瑰荊棘
給演講加鹽,使其發聲
荊棘被稱為玫瑰
第一顆砲彈降臨時,真理就暈倒啦

(坦尚尼亞)安德里亞・明加

一分鐘後投票決定被活埋
一切都為清理舞台上的煙霧
其墳墓氣味刺激路人
舞台上有很多眼睛
耳朵受損的人也有福氣
對他們來說音樂毫無意義
惟恐把發生事故稱為情人節
空氣中還沒聞到愛的味道

(荷蘭)漢妮・勞薇樂
Hannie Rouweler, The Netherlands

　　漢妮・勞薇樂(Hannie Rouweler),1951年出生,詩人、翻譯家,現居住在荷蘭勞斯登(Leusden)。1988年以《水上雨滴》(*Raindrops on the Water*)出道,迄今出版約40本詩集,包括波蘭文、羅馬尼亞文、西班牙文、法文、挪威文、英文等外譯本,以及短篇小說集,和編輯各種詩選集。詩被翻譯成約35種語言。受過多次商業和語言訓練,讀過比利時藝術學院夜校五年,修習繪畫和藝術史課程。榮獲荷蘭和國際許多獎項。為印度每年Kritya詩歌節諮詢委員會委員。

緊急鐘聲正在響
The Emergency Bells are Ringing

村裡鐘聲已經響了好幾天
我住的地方
從窗口可以看到羅馬天主教堂
整點報時，甚至晚禱，會鳴響幾分鐘
在其他時間
也用來望彌撒、辦喪禮、呼籲禱告
戰地鐘聲*──鐘聲為誰響

其間沉默鋒利如刀
如追求自由、民主、人權的匕首
我們專注同樣影像太久啦
已經習慣
但戰爭永遠不會習慣。

        * 《戰地鐘聲》（For Whom the Bell Tolls），海明威 1940 年創作的小說。

邊境就是邊境
Borders are Borders

即使是河流也知道自己的極限
在暢流穿過風景時——
沿著水岸,沙地過渡區、
蘆葦、草地,到河川地、堤防和道路。
即使是孩子也知道必須停止
爭論不要變成混戰,沒有必要
毆打和傷害手無寸鐵的人。

只有那些盲目、貪圖權力、無邊境的人
因妄想和虛假陳述而毀容
遲早會射擊到自己的腳。
犯罪雕像會被推倒。
尊重啦。不要攻擊自治國家
保護其公民對抗無效勝利的弊病,
以前已經戰敗過,死傷無數。

(荷蘭)漢妮・勞薇樂

野蠻人回來啦
The Barbarians are Back

野蠻人又回到世界舞台，
這次是俄羅斯坦克兵
轟隆轟隆進城
對平靜居住在市區內的
無辜平民肆意掠奪。
各項莊重文明的法則，都是多年辛苦建立
世界大戰後，權力和侵略性明顯
遭到破壞。平衡變成失敗肇因。

剔除他們良心，我聽過
在非常不同的背景下
如果這樣就能解決，應該早就發生過啦。
還是有人沒良心，人數還不少
他們對什麼事都不會感到內疚，只會歸咎他人。
似乎那都是屬於男人的事。

把他們放逐到太平洋中間的島上,
所有那些可憐蟲。如果這樣就解決
那麼應該更早就發生。太平洋島嶼太少
無法把他們共同放在一堆。

和平之島,我的花園。陽光照在草坪上,影子
白天和晚上與鳥鳴和寂靜共同搖晃。

（多哥）霍拉・戈馬多
Hola Gomado, Togo

　　霍拉・戈馬多（Hola Gomado），1991年生。在多哥洛美（Lomé）大學英語系念美國文學，現住在洛美。著有多本法文和英文當代詩作，尚未出版。部分詩作被收錄在詩選，包含《在疫情期間沉思──新冠病毒世界詩選》（*Musings During a Time of Pandemic－A World Anthology of Poems on COVID-19*）、《我無法呼吸：社會正義詩選》（*I can't Breathe: A Poetic Anthology of Social Justice*），都是肯亞詩人克利斯多福・歐肯姆瓦（Christopher Okemwa）編選，由肯亞Kistrech Theatre International 出版。目前在洛美一所私立學校教英語。

讓我們來建造另一個世界！
Let's Build Another World!

我在群星邊緣，
被堅持的波浪淹沒，
濃濃的血淚
在日月爭輝之下競爭，沉淪。
地球隨著恐懼運轉，
海已化成熱淚，
天空被火煙籠罩，
讓位給貪婪無厭的色情狂。
難怪，很久以前
早有人預料，創造：
「民族國家奮起對抗民族國家，
王國奮起對抗王國」；
大俄羅斯起來對抗小俄羅斯，
撒旦二號僅能對抗卡拉什尼科夫步槍，
超乎北約和聯合國負擔等級，
事情確實已經分崩離析
死亡就是安全、福祉與和平，
出於無意識的盤存。

（多哥）霍拉・戈馬多

我建議我們來建造另一個世界,
於此和平可以統治王國,
於此眾心聯合成一心,
於此心靈穿同樣制服。
我夢想那個世界,
於此聲帶發出相同聲音,
於此全體同意一致響應,
於此手牽手為了同樣目標,
於此雙腿追逐增添同樣趣味,
於此眾土地成為國土,
在同樣樂團表演,
於此眾部落成為一個部落
把形形色色驕傲和賄賂釘上十字架;
時間到啦!時間到啦
我們開墾每一片休耕地,
以及為此播下的善種,
詩人投筆從戎的時間到啦,
把血色湖變成清水,
並且,要把惡人除掉。
讓我們確實來建造另一個世界!
以和平和愛。

(突尼西亞) 亞當・費惕
Adam Fethi, Tunisia

亞當・費蒂（Adam Fethi），1957 年出生於突尼西亞南部。用突尼西亞方言和標準阿拉伯語寫作，詩和歌都很流行。在 70 年代和 90 年代政治鎮壓圍攻下寫的詩，力爭維護思想和言論自由。著名樂曲〈雄辯統一派之歌〉（Ughniat al-Naqabi al-Fasih, 1986）、〈塵埃玫瑰之歌〉（Anachid li Zahrat al-Ghubar, 1992）和〈盲人〉（Nafikhu al-Zujaj al-A'maa, 2011），贏得著名 Abou Kacem Chebbi 獎。翻譯過波德萊爾《日記》（*Journaux intimes*）和蕭沆（Emil Cioran）《三段論》（*Syllogismes de l'amertume*）等。2019 年榮獲 Sargon Bouulous 獎，以表彰數十年來對詩創作和翻譯的貢獻。

別相信戰爭是為了和平
Don't Believe in War for the Sake of Peace

1.

下一場戰爭（可能鼓聲將在近郊山丘背後響起），我會給每位士兵一根梣杖並且說：把這根梣杖變成鉛筆，寫信給將軍：「別讓我們再喝一杯血，即使是你自己的血。別讓我們失去另一個心靈，即使是你自己的心靈。別為我們犯下最後的完美犯罪，即使是你自己動手殺人。」

2.

下一場戰爭（可能鼓聲將在城牆背後響起），我會給每位士兵一支筆並且說：把這支筆變成笛子，為新進人員演奏。說你因為拒絕參戰而殺死野獸。我不會封鎖你說話。我不會獻火代替獻酒。我不會餵你石頭代替麵包。

3.

下一場戰爭（可能鼓聲將在花園柵欄背後響起），
我會給每位士兵一根笛子並且說：把這根笛子變成
畫筆，聆聽彩色之歌：
　「地球將為我們張開雙臂
　　啃愛情小麥和希望錦葵，
　　士兵的頭盔會長成鳥巢
　　警察警棍變成小提琴弓。
　　任其遠離我的家，
　　任其遠離我的時代。」

4.

下一場戰爭（可能鼓聲將在門後響起），我會給每
位孩子一支畫筆並且說：把這支畫筆變成自由的羽
毛，讓我們得到真正想要的東西：
　　把翅膀給根，把天空給翅膀。
　　永遠別相信戰爭。
　　永遠別相信戰爭是為了和平。
　　讓我們夢想激發大自然力量。
　　聆聽詩背後漸漸消失的鼓聲。

（突尼西亞）亞當・費惕

(土耳其) 穆蓓拉・布爾布爾
Müberra Bülbül, Turkey

　　穆蓓拉・布爾布爾（Müberra Bülbül），視覺藝術家和教師。出生於土耳其伊斯坦堡，畢業於馬爾馬拉（Marmara）大學美術學院繪畫系，獲平面設計碩士學位，得伊斯坦堡阿雷爾（Istanbul Arel）大學平面設計博士學位。在學期間，寫作一本詩集和一本個人繪畫展覽的書，參加過多次全國和國際團體展，也參加過研討會和工作坊。

我的心取決於你
Depends On You My Heart

你充滿希望的眼睛注視我
由此我看到
既懇求又痛苦
和絕望
你心靈的痛苦在呼喚我
不要健忘
我在夢中安撫你的頭
夜裡我全心全意
抵抗呀！我就在你身邊

我家就是你家
我的心就是你的武器
我知道你很累
你靠在我的胸前
一起在敖德薩沙灘上
我們會眺望黑海
我們之間只有海
有空氣

（土耳其）穆蓓拉・布爾布爾

有水

呼吸同樣空氣

喝同樣的水

抵抗呀!我就在你身邊

我們的孩子會感謝我們

我們的孩子會長大

年輕人會揹在

他們肩膀上

這美麗的地形

女人會擁抱你

女人會欽佩你

抵抗我的心!

從伊斯坦堡到你的土地

只有黑海

我們在那水裡

會撲滅我們內心的火焰

抵抗我的男人!

要整體
Be Whole

他們想奪取你
以往
偷過你的太陽
加以脫水

他們想要摧毀
孩子的未來
使婦女受胎
他們想讓天空變暗
進行報仇
使亞洲和歐洲落後
全人類與你同在
藍色與黃色相遇所在
太陽遇到天空的
地方
分享相同雲彩
手牽手
做愛

（土耳其）穆蓓拉・布爾布爾

眼對眼

心對心

與大家一起抵抗

我們的力量是一副心靈

一隻手、一顆心

一尊神

一段歷史

人性

為物權訴訟目標

在地球上

到同一單位

整體到達

(烏克蘭) 維亞切斯拉夫・科諾瓦爾
Vyacheslav Konovalm, Ukraine

　　維亞切斯拉夫・科諾瓦爾（Vyacheslav Konoval），烏克蘭詩人，作品針對我們時代最迫切的社會問題，例如貧窮、環境議題、人民與政府的關係、戰爭。詩發表在各種期刊上，包括《國際詩選》（*International Anthology of Poetry*）、《烏克蘭詩》（*Poetry for Ukraine*）、《押韻》（*Rhyming*）、《軍事評論》（*Military Review*）等。在各種詩團體聚會上讀詩，包括紐曼詩社（Newman Poetry Group）等。詩被翻譯成波蘭文和法文。為英國威爾斯格爾詩社（the Geer Poetry Group, Wales）和蘇格蘭作家聯合會（the Federation of Writers in Scotland）會員。

蛇島
Snake Island

黃紙捲軸
有關阿基里斯岩石墳穴的故事,
那是孤立在島上,
沒有定居處的民選市長。

羅馬人航行到島上,
稱他為白人,
彷彿鑽石般愛撫的話。

從多瑙河口
海浪帶來群蛇,
在艱苦高原,急於交件。

幾個世紀過去啦,
停泊在土耳其槳帆船島上,
武裝士兵和工程師登陸,
單身,沒有帶家眷。

黑海曾經是歡樂地方
守軍在保衛島嶼,
烏克蘭之歌聲響起,
歌頌勇敢戰士,非覘覵者。

口哨火箭旋轉,
殘酷襲擊島嶼,
海戰,烏克蘭正打勝戰。

在志工肩膀上
On the Shoulders of a Volunteer

司機眼睛發紅
車前燈光落在蒼白臉上,
卡車漏夜行駛,
把貨物運達基地。

嗨,男孩子!
感到累嗎?
你身後堆置電池、步槍,
戰爭不是玩具。

空蕩蕩軍事單位落滿灰塵,
志工完成糧食儲備,
在內心召喚下,他做該做的事,
地上都是生鮮貨,滿箱。

天空因烏雲變灰,
乘風急行,
戰士們接受志工,允許探訪。

士兵歡呼擁抱志工,
問他還帶來什麼,
恥辱滿天,志工失業啦。

（美國）安娜・哈伯斯塔德
Anna Halberstadt, USA

　　安娜・哈伯斯塔德（Anna Halberstadt），是詩人，俄語、立陶宛語和英語翻譯家。

　　詩被翻譯成立陶宛文、烏克蘭文、塞爾維亞文、泰米爾文和孟加拉文。出版四本詩集，有英文《維爾紐斯日記和帶灰塵風景中的綠色》（*Vilnius Diary and Green in a Landscape with Ashes*），此書立陶宛文版獲評選為 2017 年立陶宛最佳十本書之一。她為《咖啡館評論》（*The Café Review*）客串編輯兩卷俄文詩英譯本（2019 年和 2021 年）。另獲《亞特蘭大評論》（*Atlanta Review*）2016 年國際優秀獎、俄羅斯文學雜誌《*Children of Ra*》2016 年詩獎、翻譯巴布・狄倫詩作〈布朗斯維爾女孩〉（Bob Dylan's poem "Brownsville Girl"）獲《*Persona PLUS*》雜誌 2017 年度翻譯家獎。

歷史頁面
History Page

規律的、不尋常的歷史時期
船正在傾斜
或者確實會下沉。
已經發生過一次啦。
曾祖父在威爾諾的家裡
德國軍官駐紮
第一次世界大戰期間。
在同學郵寄給我的
舊照片上
有一個標誌
在五層樓建築物——哈伯斯塔特軍官俱樂部。
據祖母說
我誰都不認識
那個時期的德國軍官
表現很文明。
祖父的兄弟住在德國
娶德國婦女。
夫婦倆常去探訪

（美國）安娜・哈伯斯塔德

立陶宛親戚。

後來德國軍官

以及當地某些居民

作風不再文明

1941 年,我的祖母

她年邁母親和大兒子

在考納斯被殺害。

第二次世界大戰期間

我父親很幸運

在前線攻打

納粹分子。

他兩度受傷,

倖存下來。

在他六十七歲時,

心跳幾乎停止

他在阿斯托里亞總醫院

等待手術

脈搏大約每分鐘跳 20 下

與生活步調不太相符

而那部車,正在運送他的心律調節器

被困在暴風雪中

父親對我說:「我的父母都是57歲過世。

為什麼我該比他們好命?」

回頭說到當前
流行病似乎已經成為
我們這個時代災難
原來我們是故意
目睹歐洲遭受如此破壞的照片,
像我小時候見過的
剩菜一樣。
在維爾紐斯老城
我長大的地方。
戰後幾十年
你仍然可以看到廢墟,
無窗的建築牆壁。
其中一戶瞬間崩塌
在我和父親穿過狹窄的
中世紀街道,走進書店後
光線在中午就消失啦。
再度——難民逃離烏克蘭
有開車的、徒步的、尖叫的
用手臂遮住他們和孩子的
頭,詛罵那些
似乎作風文明的人
隨即斷氣啦。

讀詩之後
After a Poetry Reading

詩人和詩真是難以忍受。
俄羅斯詩堅持
押韻和節奏
熱中聲望
和布羅茨基的諾貝爾獎
還記得他朝某人方向
打噴嚏。

自視甚高,
在詩人被埋葬幾天後
宣稱個個是天才。
給你認為是競爭對手、
書寫狂的詩人貼上標籤。
崇拜普希金
或是宣稱那個時代不太出名的詩人
巴拉廷斯基,是更佳詩人。
陌生人包含你的電子郵件在內
列在每日一詩的接收者清單
未經你的許可。

美國詩執著於
個人感受——感覺被愛
和感覺未被愛。
在豐盛的愛中感到孤單
感覺未被愛,也感到孤單。
寫攸關自己的事
就像四歲小孩
坐在餐桌上,滿嘴通心粉
還有令人討厭和作嘔的起司。
提醒逝世的母親
她是驚慌發作的原因。

堅持詩不要韻律和理念
除了語言學實驗
或受到父母虐待的記憶——
因為妳與眾不同,
因為妳堅持穿粉紅色芭蕾舞短裙去學校,
因為妳父母不相信
妳愛上紅鶴。

(美國)安娜・哈伯斯塔德

如今戰爭正激烈進行
在鄰近我出生的
國家。
還有不良詩人,復甦酒鬼,
開始寫真正強烈的詩。
東歐不需要創造理由
忍受寫關鍵詩的苦惱。

（美國）查基亞・卡佩哈特
Zakiyyah G.E. Capehart, USA

　　查基亞・卡佩哈特（Zakiyyah G.E. Capehart），美國作家、詩人、說書人、作家、表演藝術家、視覺藝術家、廣播製作人和節目主持人。出生於北卡羅來納州，小時候全家移民到紐約市，目前住在加州奧克蘭市（Oakland）。其藝術家才華、醫學和替代性醫學背景，使她有能力製作有助於教育和療癒社區的節目。多次獲得奧克蘭種族正義組織阿科納地基金會（Akonadi Foundation）資助，撰寫並製作節目以提高奧克蘭社區意識。詩作獲選入許多選集，在國際間傳誦。著作《我心目中的加納：旅行祖國的詩映像》（*Ghana On My Mind: Poetic Reflections on Journeying to the Motherland*）榮獲亞馬遜非洲詩書籍排行榜暢銷書第一名。

戰爭能帶來和平嗎？
Can War Bring Peace?

　　戰爭，我蔑視，因為那意味對無辜生命的摧毀，
　　不過令人心碎而已
　　（戰爭）有一位朋友，那就是送葬者
　　──巴雷特・斯特朗／諾曼・惠特菲爾德〈戰爭〉

戰爭有什麼好處呢？
追逐權力的機會
導致更多權力
使許多男人、女人
和兒童死亡而已

因為有一種病症稱做貪婪
因為有一種癮癖稱做權力
因為有一種情結稱做邪惡
因為沒有能力去愛
和被愛

烏克蘭戰爭之前
還有無數其他戰爭
一些在腦海中浮現的戰爭
美國革命、印地安戰爭
內戰、第一次與第二次世界大戰
這些戰爭並沒有解決問題
反而製造更可怕的議題

人民在全世界各國
見證不斷的戰爭
目睹人民生命被殺害
家園、村莊和城市損毀
倖存者留下來收拾屍體殘骸
尋找親人

世界領導人裝模作樣宣稱勝利
陳述謊言與承諾和平
此類毫無意義的禍害
和數百萬人生命殲滅結果
街上滿是人民鮮血
永遠洗不清
戰爭屠殺的記憶揮之不去

烏克蘭戰爭會成為
所有戰爭的最後一役嗎
會是戰爭的末章
或保證引發更多戰爭?
看不到明顯的結局
那就停止這場無情的戰鬥吧!

(美國)琳達・克雷特
Linda M. Crate, USA

　　琳達・克雷特（Linda M. Crate），是賓州米德維爾（Meadville）的作家，在許多網路和紙本雜誌發表詩、短篇小說、文章和評論。已出 11 本小冊書，有《美人魚墜入黎明》（*A Mermaid Crashing Into Dawn*, 2013）、《少於一位男人》（*Less Than A Man*, 2014）、《如果明天永遠不會到來》（*If Tomorrow Never Comes*, 2016）、《我的翅膀要飛》（*My Wings Were Made to Fly*, 2017）、《粉碎的恐怖》（*Splintered with Terror*, 2018）等，另出版中篇小說《伴侶》（*Mates*, 2022）。

希望烏克蘭再度獲得自由
I Hope that the Ukraine will Know Freedom Once more

戰爭是如此醜惡的事件
造成我心悲傷
貪婪的人可以決定他們
想要佔領一個國家，動輒侵略
自以為有權獲得
不屬於他們的東西，

我希望向日葵永遠
長高，生機蓬勃，希望
永遠高高飛揚在蔚藍天空；
希望能在所有感到
絕望和失敗的人內心盛開——

我心與所有失去親人
遭受痛苦的人同在,
發生此事不當,也不公平;

希望烏克蘭很快有一天
再度擺脫俄羅斯獲得自由。

(美國)琳達·克雷特

希望他們盡快擺脫戰爭
I Hope They are Free from War Soon

為了一個人的貪婪
有多少人民必須受苦和死亡？
在戰爭中，等他們說夠啦
必須要犧牲掉多少人民？
這麼多不必要的痛苦
一切都只為一個人自私；
我祈禱，始終希望
烏克蘭免受俄羅斯侵害——
他們的生命至關重要，
傷心看到我們眼睛
被撕開朝往許多不同方向
正如世界在許多角落面臨災難，
但我希望向日葵永遠長高
迎向藍天，幫助那些人需要記住，
即使歲月最黑暗時刻，希望也會成長；
我希望這可以給他們力量
在寒冷、艱難、黑暗的日子裡繼續前進——
戰爭是醜陋的事情，我希望他們很快

獲得自由；
我希望他們能夠復原，再度享受和平。

（美國）菲利普・弗里德
Philip Fried, USA

菲利普・弗里德（Philip Fried），出版八本詩集，最近一本是《格利澤星球人當中》（*Among the Gliesians*, 2020）。作品發表在許多期刊和選集。英國女詩人卡羅爾・魯門斯（Carol Rumens）在所編選《智慧型裝置：從衛報「本週詩歌」選出52首詩》（*Smart Devices: 52 Poems from The Guardian's 'Poem of the Week'*）中選入他的詩〈給領導者和其他人的瑜伽〉（Yoga for Leaders and Others）。

戰爭被誤解
War's Misunderstood

忽略他的讚美建議
從巴頓、拿破崙、亞歷山大大帝,
以及他對尖端技術的掌握
有助於飛彈精確定位,
巧妙淹沒水壩和輸電網路……

戰爭存心是好奇的笨孩子,
不乏善意。他的目標:擁抱
其他人,親切瞭解他們
而且很快,有時以超音速,
促進友誼和持久和平。

但他失敗和沮喪的證據
比比皆是,因為他熱心不受歡迎
被這些逐漸變冷的身體誤解,
而這些他試圖介入家庭生活的
破碎牆壁暴露出怨恨碎片。

(美國)菲利普‧弗里德

戰爭的金屬田園風格
War's Metallic Pastoral

損壞的坦克車停在路肩上。
戰爭匆忙中,找不到戰術理由
守護傾斜朝向天空的大砲
(現在沒有目標,只有一兩隻鳥)。
何況,他後來在另一鄉鎮發生事故。

自行車被遺棄倒在乾草倉附近,
車把扭曲,但還是可以騎用
如果當地成人或兒童(有誰)會救助
其乾淨線條不受(任何人)塵汙,
主人如今正可騎車通過銀河系。

牧羊人撤營,他深思,戰爭會繁殖
輕率異想天開,對羊群並不是好兆頭
現在侵略者已經給祖國花朵
命名為榴彈砲部隊,子彈像花瓣
從牡丹、風信子、相思樹紛紛落下。

(烏茲別克)阿扎姆・阿比多夫
Azam Abidov, Uzbekistan

　　阿扎姆・阿比多夫（Azam Abidov），出生於烏茲別克納曼幹（Namangan），詩人、翻譯家、短篇小說作家、歌手、文化顧問和活動家。出版十餘冊詩集和譯書，包括《亞洲曲調》（Tunes of Asia）等。用烏茲別克文和英文寫作，作品被翻譯成 20 多種文字，在世界各地出版。參加國際詩歌節、創意寫作研討會、世界各地文化競賽。榮獲美洲、歐洲和亞洲各種組織的詩和文化獎項。為設在塔什干尤達科夫和奧伊別克故居博物館（Yudakov and Oybek House-Museums in Tashkent）的美莎拉（Maysara）文學文化俱樂部創辦人之一。2018 年推出首創外國作家／藝術家烏茲別克居住計畫。

烏克蘭滿天和平芬芳信仰
Peaceful Fragrant Faith Over Ukraine

在進口
一位八歲聰明小學生
背包內裝滿錫兵

一位中年男子
裝義肢

一位獨眼老嫗
拿枴杖
想要加入軍隊

他們沒有人說要來
參戰或殺敵

他們都呼喊：
「我要保衛祖國」

烏克蘭滿天
遍布和平芬芳信仰

殭屍人質
Zombie Hostage

受過基本教育
這位帥氣的俄羅斯軍人
卻沒有清晰概念
為什麼他被送到邊境
然後去烏克蘭

他在回答問題時
真理高於一切

有人
朝我的心開槍——

我想捐出
我的和平、我的愛
我的血

嘿！子彈四處飛舞
在你的呼吸裡傳遞給
主要陰謀家

強迫他回答
查看可憐軍人的
眼睛
他是否感到羞恥

黑色翅膀的火箭呀
教教他人生的
基本課程吧

戰時關係
Relations in Wartime

烏茲別克男學生的
黑眼睛
為賺錢而受傷

來自烏茲別克偏遠鄉村的退休人士
想把退休金寄到基輔

分享戰鬥故事或
「認領你兒子屍體」的貼文
可能不算一回事

地主國政府聲明
譴責戰爭
比那些作為更能引起共鳴

在平衡、中立區
我和烏克蘭大使一起痛哭

關於編選者
About the Compiler

　　克利斯多福・歐肯姆瓦（Christopher Okemwa），肯亞基西（Kisii）大學文學教師，基斯特雷奇（Kistrech）國際詩歌節創辦人兼總監。已出版詩集《鑼》（*The Gong,* 2010 年）、《煉獄之火》（*Purgatorius Ignis,* 2016 年，法文譯本）、《不祥的雲》（*Ominous Clouds,* 2018 年，有挪威文、芬蘭文、希臘文譯本）、《聖殤像》（*The Pieta,* 2019 年，亞美尼亞文譯本）、《來自非裔加泰羅尼亞的愛》（*Love from Afro Catalonia,* 2020 年，加泰羅尼亞文譯本）、《詩選》（*Izabrane Pesme,* 2020 年，塞爾維亞文譯本）、《煉獄》（*Tisztítótűz,* 2020 年，匈牙利文譯本）、《牆壁與空曠空間之間》（*Between the Walls and Empty Space,* 2021 年，荷蘭出版）。

歐肯姆瓦編過《疫情期間沉思：新冠病毒世界詩選》（*Musings During a Time of Pandemic: A World Anthology of Poems on COVID-19*, 2020年）、《我無法呼吸：社會正義詩選》（*I Can't Breathe: A Poetic Anthology of Social Justice*, 2021 年）、《烏班圖歌舞藝人：非洲當代詩選》（*The Griots of Ubuntu: An Anthology of Contemporary Poetry from Africa*, 2022年）、《走出孤立：堅韌、希望和勝利之世界詩選》（*Coming Out of Isolation: A World Anthology of Poems on Resilient, Hope and Triumph*, 2022 年）、《來自樹林的聲音：東非及其他地區的詩選》（*Voices from the Woods: An Anthology of Poems from East Africa and Beyond*, 2023 年）。歐肯姆瓦是基斯特雷奇國際詩歌節雜誌 2013~2022 年編輯，也是《在生命黑暗中：詩選集》（*In the Murk of Life: An Anthology of Poetry*, 2019年）的聯合編輯。

關於選譯者
About the Selector and Translator

　　李魁賢（Lee Kuei-shien, 1937-2025）。1953 年開始發表詩作，獲1967年優秀詩人獎、1975 年吳濁流新詩獎、1975 年中山技術發明獎、1976 年英國國際詩人學會傑出詩人獎、1978 年中興文藝獎章詩歌獎、1982 年義大利藝術大學文學傑出獎、1983 年比利時布魯塞爾市長金質獎章、1984 年笠詩評論獎、1986 年美國愛因斯坦國際學術基金會和平銅牌獎、1986 年巫永福評論獎、1993 年韓國亞洲詩人貢獻獎、1994 年笠詩創作獎、1997 年榮後台灣詩獎、1997 年印度國際詩人年度最佳詩人獎、2000 年印度國際詩人學會千禧年詩人獎、2001 年賴和文學獎、2001 年行政院文化獎、2002 年印度麥氏學會（Michael Madhusudan Academy）詩人獎、2002 年台灣

新文學貢獻獎、2004 年吳三連獎新詩獎、2004 年印度國際詩人亞洲之星獎、2005 年蒙古文化基金會文化名人獎牌和詩人獎章、2006 年蒙古建國八百週年成吉思汗金牌、成吉思汗大學金質獎章和蒙古作家聯盟推廣蒙古文學貢獻獎、2011 年真理大學台灣文學家牛津獎、2016 年孟加拉卡塔克文學獎（Kathak Literary Award）、2016 年馬其頓奈姆・弗拉謝里文學獎、2017 年秘魯特里爾塞金獎（Trilce de Oro）、2018 年國家文藝獎和秘魯金幟獎、2019 年印度首席傑出詩獎、 2020 年蒙特內哥羅（黑山）共和國文學翻譯協會文學翻譯獎、2020 年塞爾維亞「神草」文學藝術協會國際卓越詩藝一級騎士獎、2023 年美國李察・安吉禮紀念舞詩競賽第三獎。

詩被翻譯在日本、韓國、加拿大、紐西蘭、荷蘭、南斯拉夫、羅馬尼亞、印度、希臘、美國、西班牙、蒙古、古巴、智利、孟加拉、土耳其、馬其頓、塞爾維亞等國發表。參加過韓國、日本、印度、蒙古、薩爾瓦多、尼加拉瓜、古巴、智利、緬甸、孟加拉、馬其頓、秘魯、墨西哥等國舉辦之國際詩歌節。

出版有《李魁賢詩集》6 冊（2001年）、《李魁賢文集》10 冊（2002年）、《李魁賢譯詩集》8 冊（2003年）、《歐洲經典詩選》25 冊（2001~2005年）、《名流詩叢》54 冊（2010~2024年）等，合計共 221 種 291 冊。

2002 年、2004 年、2006 年三度被印度國際詩人團體提名為諾貝爾文學獎候選人。

語言文學類　PG3153　名流詩叢55

烏克蘭戰爭世界詩選
Ukraine —— A World Anthology of Poems on War

編　選　者 / 克利斯多福・歐肯姆瓦（Christopher Okemwa）
選　譯　者 / 李魁賢（Lee Kuei-shien）
責 任 編 輯 / 吳霽恆
圖 文 排 版 / 黃莉珊
封 面 設 計 / 嚴若綾

發　行　人 / 宋政坤
法 律 顧 問 / 毛國樑　律師
出 版 發 行 / 秀威資訊科技股份有限公司
　　　　　　114台北市內湖區瑞光路76巷65號1樓
　　　　　　電話：+886-2-2796-3638　傳真：+886-2-2796-1377
　　　　　　http://www.showwe.com.tw
劃 撥 帳 號 / 19563868　戶名：秀威資訊科技股份有限公司
　　　　　　讀者服務信箱：service@showwe.com.tw
展 售 門 市 / 國家書店（松江門市）
　　　　　　104台北市中山區松江路209號1樓
　　　　　　電話：+886-2-2518-0207　傳真：+886-2-2518-0778
網 路 訂 購 / 秀威網路書店：https://store.showwe.tw
　　　　　　國家網路書店：https://www.govbooks.com.tw

2025年4月　BOD一版
定價：400元
版權所有　翻印必究
本書如有缺頁、破損或裝訂錯誤，請寄回更換

Copyright©2025 by Showwe Information Co., Ltd.
Printed in Taiwan
All Rights Reserved

國家圖書館出版品預行編目

烏克蘭戰爭世界詩選 / 克利斯多福.歐肯姆瓦(Christopher Okemwa)編選 ; 李魁賢選譯. -- 一版. -- 臺北市 : 秀威資訊科技股份有限公司, 2025.04
　面 ；　公分. -- (語言文學類 ; PG3153)(名流詩叢 ; 55)
　BOD版
　譯自 : Ukraine : a world anthology of poems on war
　ISBN 978-626-7511-73-2(平裝)

813.1　　　　　　　　　　　　　114002424